每一步探索都是智慧

绿色家园丛书

于永玉◎主编

LÜSEJIAYUAN

ShengMingDeYaoLan

生命的摇篮

海洋

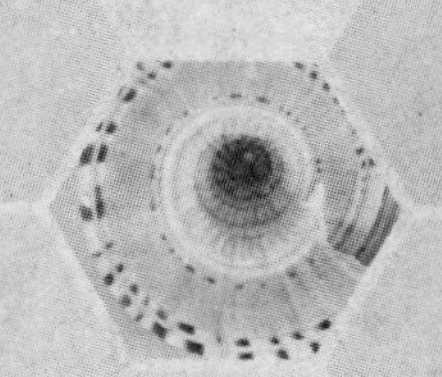

■拯救地球，人类不可推卸的责任

■环境保护，人类亘古不变的主题

延边大学出版社

图书在版编目(CIP)数据

生命的摇篮——海洋/于永玉主编. 一延吉：
延边大学出版社，2010.11
(绿色家园丛书.第1辑)
ISBN 978-7-5634-3468-8

Ⅰ. ①生… Ⅱ. ①于… Ⅲ. ①海洋一青少年读物
Ⅳ. ①P7-49

中国版本图书馆CIP数据核字(2010)第217366号

绿色家园丛书

生命的摇篮——海洋

编　　著　于永玉
责任编辑　何　方
出版发行　延边大学出版社
地　　址　吉林省延吉市公园路977号
邮　　编　133002
印　　刷　北京一鑫印务有限责任公司
经　　销　新华书店
开　　本　850×1168毫米　1/32
印　　张　22.5
字　　数　500千字
版　　次　2011年2月第1版第1次印刷
定　　价　145.00元(全五册)

前 言

现代科学证实，至少在离我们40亿千米范围内的茫茫宇宙只有小小的地球存在着生命。千百年来，人类一直在翘首期待天外来客，编织着月中嫦娥、火星智慧动物、外星人驾驶飞碟访问地球之类的神话。然而，无论是“阿波罗登月舱”还是“金星探测器”，至今仍然没有从太空中寻找到生命的任何踪迹……

那么，为什么地球上会有生命呢？它是从哪里来的呢？这一地球生命的起源问题，长期以来一直是困惑人们的未解之谜。

在科学尚不发达的古代，生命起源于神力的观点一直占统治地位。在中国，也有类似的说法。

当然，现在极少有人还会相信“造物主”的神话。随着生命科学的进步和探测技术的发展，涌现出了不少有关生命起源的新理论、新假说。例如“生命的宇宙起源说”，“生命的土壤起源说”，“生命的灾变起源说”，“生命的永存说”等等。不过目前人们普遍接受的一种观点是：生命起源于海洋。

原始的海洋中没有生命，但却有丰富的无机物。它们在太阳紫外线电离辐射和高温高压下反应，逐渐形成了有机物，如氨基酸，又聚合成生命的基本物质蛋白质、核酸等生物大分子，为原始生命——细胞的出现准备了物质基础。这种假说早已在实验室中得到了再现。因此，海洋作为地球上生命的发祥地是当之无愧的。

原始生命诞生至今，大约已有35亿年了。在这漫长的地质时期，地球经历了沧桑巨变，生命也随之生生灭灭，不断演进。从单细胞的藻类和细菌演进到水生无脊椎动物；从无脊椎动物演进到脊椎动物、哺乳动物……；大约在几百万年前，人类终于诞生了。

目前，地球上已经居住着六十多亿人口，还有一百多万种动物，三十多万种植物和十几万种微生物。

人类，虽然如今生活在陆地上，但我们仍然可以从自己身上找到许多来自海洋的遗传标记。

例如，人是用肺呼吸的，但解剖学家却发现人的胚胎发育早期也有过腮裂。而且不仅人类，所有的脊椎动物如两栖类、爬行类、鸟类和哺乳类，在胚胎发育早期也都有腮裂。而腮裂却是鱼类呼吸水流的通道。这恰好证明它们同出一源，这个“源”就是海洋。

人们还早就认识到，人体胚胎的发育是在母体子宫的“海洋”——羊水中进行的。胚胎漂浮在羊水中，犹如原始生命漂浮在海洋里。科学实验证实，新生儿不仅能在水中游泳，而且会屏住呼吸潜游。利用这种人体上的海洋标记训练婴儿游泳，可以取得惊人的成绩。

不仅如此，人体本身也是一个小小的海洋。每个人都是地球上海洋的缩影。成年人的各种组织和骨骼中所含的水分占体重的百分之七十八左右，正如地球表面海洋的覆盖率一样。人体中的水有很大一部分存在血液中。据测定，人血化学元素的含量比例与海水十分相似，而且也有海水所特有的咸味。人体的所有生命活动，都是在水的参与下进行的，如消化作用、血液循环、物质交换、组织合成等。人体内部也和海洋一样进行着不间断的水体运动和循环。

上述种种，难道不正是生命，包括人类起源于海洋的有力佐证吗！海洋，孕育了世间的生命，是地球上万物的摇篮，当然也是我们人类的摇篮！

目 录

地球生命的起源

DIQIUSHENGMINGDEQIYUAN

现在找到的最早的化石，是细菌之类的微生物的化石。这些最早的微生物，大约生长在33亿年之前。地球的年龄将近50亿年。最初的地球不是现在这个样子，海洋是后来才形成的。

雨水和河水不断地把各种化合物带到海洋里。越来越多的化合物在海水里相互作用，渐渐地产生了一些结构越来越复杂的化合物，一些蛋白质状的东西。后来又逐渐产生出能进行生命过程的小物体，这就是蛋白体。它是生命的起点，主要成分是蛋白质与核酸。原始的蛋白体还没有细胞的结构，但是已经有了生命的现象，自己能进行新陈代谢。

新陈代谢是生命的最基本的过程，也是生命的最基本的特征。有了新陈代谢，生物才有可能生长和繁殖。

原始蛋白体进一步发展，就出现了细胞。细胞是各种植物和动物的身体结构的基本单位。细胞进一步的发展，就是里面出现了细胞核。细胞核的主要成分是染色体，这是一种核蛋白，是核酸和蛋白质的结合物。染色体被核膜包围着，形成了细胞核。有细胞核的细胞，叫做真核细胞。现在绝大多数生物的身体，都由真核细胞所组成。在进化的过程中，某些单细胞生物的遗传性发生了变化，它们所产生的子细胞彼此不再分开，联合成为细胞集团，于是，多细胞生命出现了。

生命起源的条件

在我们居住的这个美丽的浅蓝色星球上，繁衍生息着十几万种微生物，四十多万种植物和一百多万种动物。那么，人们不禁要问，如此丰富多样的生物最初是从哪里来的呢？科学家研究发现，今天我们地球上的生物，无论大小，都是由细胞组成的，细胞里与生命活动有关的主要是一些结构复杂的生物分子。那么，这些生物分子是怎样起源的呢？故事得从地球的诞生讲起。

原始地壳的形成

生命的起源应当追溯到与生命有关的元素及化学分子的起源。因而，生命的起源过程应当从宇宙形成之初、通过所谓的“大爆炸”产生了碳、氢、氧、氮、磷、硫等构成生命的主要元素谈起。

大约在66亿年前，银河系内发生过一次大爆炸，其碎片和散漫物质经过长时间地凝集，大约在46亿年前形成了太阳系。作为太阳系一员的地球也在46亿年前形成了。接着，冰冷的星云物质释放出大量的引力势能，再转化为动能、热能，致使温度升高，加上地球内部元素的放射性热能也发生增温作用，故初期的地球呈熔融状态。高温的地球在旋转过程中其中的物质发生分异，重的元素下沉到中心凝聚为地核，较轻的物质构成地幔和地壳，逐渐出现了圈层结构。这个过程经过了漫长的时间，大约在38亿年前出现原始地壳，这个时间与多数月球表面的岩石年龄一致。

原始地壳的出现，标志着地球由天文行星时代进入地质发展时代，具有原始细胞结构的生命也有可能逐渐形成。

孕育生命的条件

刚刚诞生的地球十分寒冷、荒凉，没有结构复杂的物质，当然也不会有生命。生命是随着原始大气的诞生开始孕育的。

在早期太阳系里，一些处于原始状态的天体频繁地和幼小的地球相撞。这一方面增大了地球体积,另一方面运动的能量转化为热能贮存在了地球内部。撞击不断地发生,地球内部蓄积了大量热能。地球的平均温度高达摄氏几千度,内部的金属和矿物变成了炽热岩浆。岩浆在地球内部剧烈运动着,不时冲出地球表面形成火山爆发。在原始地球上,火山爆发十分频繁。随着火山爆发,地球内部的一些气体被源源不断地释放出来,形成了原始大气。不过,这时的地球上仍然没有生物分子。

生命的诞生与原始大气十分有缘。据推测,原始大气的主要成分是一氧化碳、二氧化碳、甲烷、水蒸气、氨气。这些简单的气体分子要想成为生物分子,就必须变得足够复杂。合成复杂物质是需要消耗能量的。

值得庆幸的是,在原始地球上有各种形式的能量可供利用。首先,原始大气没有臭氧层,阳光中的紫外线可以毫无顾忌地进入大气,这为地球带来了能量。其次,原始大气中会出现闪电,闪电是一种能量释放现象。再次,原始地球上火山活动频繁,火山喷发可以释放大量热量。

简单的气体分子在吸收了能量之后,它们会变得异常的活跃,进而产生化学反应,形成复杂的生命物质。

在以后的岁月里,由于日积月累,原始大气中的水蒸气越来越多,地球表面温度开始降低。当降低到水的沸点以下时,水蒸气就化作倾盆大雨降落到了地面上。倾盆大雨不分昼夜地下着,形成了最初的海洋,这为生命的诞生准备了条件。

那时地球表面的温度仍然很高,到了大约 36 亿年前,海水的温度已降为 80℃左右,然而在此之前,原始生命就已悄悄孕育了。

最早的原核单细胞出现

从古至今,有很多说法来解释生命起源的问题。如西方的创世说,中国的盘古开天地说等。但直到 19 世纪,伴随着达尔文《物种起源》一书的问世,生物科学发生了前所未有的大变革,同时也为人类揭示生命起源这一千古之谜带来了一丝曙光，这就是现代的化学进化论。

“原生体”的出现

宇宙大爆炸产生了宇宙后，银河系、太阳系、地球相继形成。当地球这个星体稳定后渐渐冷却，地表开始划分出了岩石圈、水圈和大气圈。那时大气圈中没有氧气，宇宙紫外线辐射是产生化学作用的主要能源，化学反应就在这样的条件下不断地进行着。由于缺氧，合成的有机分子不会遭受氧化的破坏，得以进化出具有生命现象的物质，最终产生了生命。生命的产生过程可以概括为四个阶段：

第一阶段，有机小分子的形成。原始海洋中的氮、氢、氧、一氧化碳、二氧化碳、硫化氢、氯化氢、甲烷和水等无机物，在紫外线、电离辐射、高温、高压等一定条件影响和作用下，形成了氨基酸、核苷酸及单糖等有机化合物。

美国的一位年轻学者米勒用自己设计的实验装置证明，在原始地球条件下有可能形成有机化合物。米勒的报告引发许多实验室重复和发展类似的实验，总的目标是模拟原始大气、海洋、江水和雷电。在水溶液中——相当于原始海洋的海水中——先后找到了 20 种氨基酸，各种单糖、脂酸、脂类分子，甚至是核苷酸分子。

第二阶段，生物大分子的形成。氨基酸、核苷酸等有机物可能因吸附作用，在原始海洋岸边的岩石或黏土表面浓集，受到热的催化，进而合成为生物大分子。

美国科学家福克斯做过这样的实验：把氨基酸混合物倒在160℃～200℃的热沙土或黏土上，随着水分蒸发，氨基酸浓缩并化合，经0.5～3.0 小时，生成类似蛋白质的大分子。

第三阶段，多分子体系形成。许多生物大分子聚集、浓缩形成以蛋白质和核酸为基础的多分子体系，它既能从周围环境中吸取营养，又能将废物排出体系之外，这就构成原始的物质交换活动。

苏联（俄罗斯）的奥巴林做了一系列实验，证明如何由生物大分子形成团聚体小滴。他把蛋白质（白明胶）溶液和多糖（阿拉伯胶）溶液混合，产生出团聚体小滴。

第四阶段,“原生体”的形成。在多分子体系的界膜内,蛋白质与核酸的长期作用,终于将物质交换活动演变成新陈代谢作用并能够进行自身繁殖,这是生命起源中最复杂的最有决定意义的阶段。经过改造构成的生命体,被称为“原生体”。

这种“原生体”的出现使地球上产生了生命,把地球的历史从化学进化阶段推向了生物进化阶段。对于生物界来说更是开天辟地的第一件大事,没有这件大事,就不可能有生物界。

原核单细胞的出现

有生命的“原生体”是一种非细胞的生命物质,有些类似于现代的病毒。它出现以后,随着地球的发展而逐步复杂化和完善化,演变成为具有较完备的生命特征的细胞,到此时才产生了原核单细胞生物。最早的原核单细胞细菌化石发现是在距今 33 亿年前的地层中,那就是说非细胞生命物质出现的时间,还要远远地早于 33 亿年以前。

地球上最初出现的生命是一些生活在海洋中的原核单细胞生物。它们结构简单,没有细胞核,与今天的蓝菌(也称蓝藻)和细菌在形态上很相似,在生物学上统称为原核细胞生物。它们还没有真正分化出细胞核和细胞器,只能进行无性繁殖,因此,它们的遗传变异和进化过程十分缓慢。

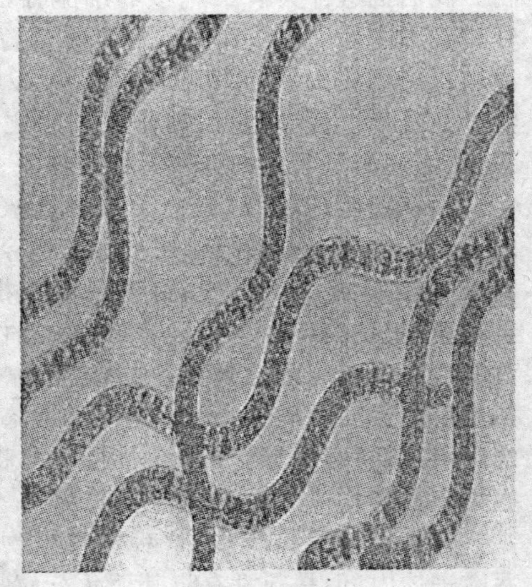

蓝藻——螺旋藻

开始的原核细胞生物是以环境中的有机物质为食,属于异养生物。由于地球早期有机物质来源极为有限,因此会对生物进化产生选择性压力,使部分生物在进化中演化出了利用周围环境中丰富的无机物合成自己所需食物的能力。我们把这种能自己制造食物的生物称为自养生物。根据获取营养方式的不同，生物的自养又可分为化学自养和光合自养，代表了生物早期演化的分异。

光合自养生物是通过光合作用分解二氧化碳获得能量。由于光合作用生物的出现和发展，大量的自由氧释放到环境中，使地球早期的环境和大气性质开始发生变化，从无氧环境向有氧环境转变，为生物进化的下一个重要阶段创造了环境条件。

真核细胞的崛起

在经历了大约 20 亿年的漫长演化之后，在距今约 14 亿年左右时，从原核生物中演化出了具有细胞核和细胞器分化的单细胞生物。我们把这种具有细胞核和细胞器的生物称为真核细胞生物。真核细胞内的细胞核和细胞器可能都曾是由于捕食或由于其他原因进入到原核细胞生物体内的另外一些未被消化的原核细胞生物。在进化过程中，它们与寄主细胞之间逐渐建立起了共生的关系，从而逐渐演化成细胞核和细胞器。

真核细胞的起源，是由于某种原核生物在某种古核生物细胞内形成了内共生关系的结果。由于迄今所知最古老的真核生物化石已有近 21 亿年的历史，许多科学家推测，最早的真核生物可能早在 30 亿年前就出现了。真核细胞的直接祖先很可能是一种巨大的具有吞噬能力的古核生物，它们靠吞噬糖类并将其分解来获得其生命活动所需的能量。当时的生态系统中存在着另一种需氧的真细菌，它们能够更好地利用糖类，将其分解得更加彻底，以产生更多的能量。

在生命演化过程中，这种古核生物将这种原核生物作为食物吞噬进体内，但是却没有将其消化分解掉，而是与之建立起了一种互惠的共生关系：古核细胞为细胞内的真细菌提供保护和较好的生存环境，并供给真细菌未完全分解的糖类，而真细菌由于可以轻易地得到这些营养物质，从而产生更多的能量，并可以供给宿主利用;因此,这种细胞内共生关系对双方都有益处,因此双方在进化中就建立起了一种逐步固定的关系。

在古核细胞内,共生的真细菌由于所处的环境与其独立生存时不同,因此很多原来的结构和功能变得不再必要而逐渐退化消失殆尽。结果,细胞内共生的真细菌越来越特化,最终演化为古核细胞内专门进行能量代谢的细胞器官——线粒体。同时,一方面原来的古核细胞的能量代谢越来越依赖于内共生的真细菌的存在,另一方面为了避免自身的一些细胞内结构,尤其是遗传物质被侵入的真细菌“吃掉”,它们也产生了一系列应激性的变化。首先是细胞膜大量内陷形成了原始的内质网膜系统,限制了线粒体前身真细菌的活动。而后,原始的内质网膜系统中的一部分进一步转化,将细胞的遗传物质包在一起形成了细胞核,这一部分内质网就转化成了核膜。从此,一种更加进步的生命形式诞生了,这就是真核细胞,也就是最初的真核原生生物。

原始生命的壮大

真核细胞出现后,也以单细胞形式存在了几亿年。在6～7亿年,以前并没有多细胞生命的任何迹象。在当今世界上,单细胞原生生物依然比比皆是。在进化的过程中,某些单细胞生物的遗传性发生了变化,它们所产生的子细胞彼此不再分开,联合成为多细胞。细胞之间的相互聚集在最初的时候只不过是随机突变的结果。但是,一旦细胞聚集在一起,由于群集的方式比单细胞形式更容易繁殖成功,在很多时候也更容易抵御不良环境,于是它们继续保持群集生活,并迅速产生和分化出植物界和动物界。最简单的多细胞生物如海绵有多种分化的细胞聚集在一起组成。这些分化的细胞包括消化细胞、造骨细胞、孢子母细胞和表皮细胞。虽然这些不同的细胞组成一个有组织的、宏观的多细胞生物,但是它们并不组成互相连接的组织。假如把海绵切开的话,每个部分可以重新组织,继续生存,但是,假如将不同的细胞分离开来的话,它们便无法生存。

细胞有个基本特点，它能够一分为二。一个细胞在一定条件下，能够分裂成两个子细胞。每一个子细胞长大后，又能够一分为二。这样继续不断地分裂，细胞就越来越多了。

最早的生物都是单细胞生物，分裂产生的子细胞仍旧单独生活。多细胞生物是后来才发展起来的。这就是说，在进化的过程中，某些单细胞生物的遗传性发生了变化，它们所产生的子细胞彼此不再分开，联合成为细胞集团。

最早的这种细胞集团也是很简单的，许多细胞虽然联合在一起了，仍然各自管自己的生活。慢慢地，有些简单的细胞集团起了很大的变化，联合在一起的细胞逐渐分化，成为各种器官，来分担生活上的各种工作。这样，细胞之间就开始了分工合作。有些细胞就发展成为一根管子，管子的开口就是嘴。这根管子专门消化食物，把营养物质供应给所有生活在一起的细胞。有些细胞又发展成为神经。神经能将信息从这一部分传达到另一部分，好像电话线一样。后来，动物又长大了一些，有些细胞又发展成为血管系统，营养物质就可以通过血管输送给体内所有的细胞。因为有些细胞已经离开消化道很远，不能直接从消化道取得营养物质了。

现在还不知道这些复杂的变化经历了多少亿年。因为，那些古老的动物又微小又柔软，很不容易留下化石来。不过我们已经知道，在5亿～6亿年以前，所有的最重要的无脊椎动物都已发展出来了。在自然博物馆里，就陈列着它们的化石。

海绵动物是多细胞动物当中结构最简单、形态最原始的一类，早在寒武纪以前就已经出现并一直繁衍到了现代。海绵动物由单细胞动物演化而来，它们的细胞已经分化了，但是还没有形成组织和器官。海绵动物有单体的，也有群体的，外形多种多样，其中单体海绵有高脚杯形、瓶形、球形和圆柱形等形状。海绵动物的体壁有许多孔，孔内有水道贯穿，体内有一个中央腔，其上端开口形成整个个体的出水孔。

多数的海绵动物具有骨骼。骨骼分两类，一类是针状、刺状的钙质或硅质小骨骼，称为骨针；另一类是有机质成分的丝状骨骼，称为骨丝。骨丝不易被保存成化石，而骨针能够形成化石。有些骨针能够互相穿插形成骨架，这样的骨架形成化石后可以保持海绵体原有的外形。

科学家对海绵动物进行分类的依据主要就是骨骼的性质和成分。一般可以把海绵动物分成 4 个纲：钙质海绵纲、普通海绵纲、六射海绵纲和异射海绵纲。

科学家记述的化石海绵动物有 1000 多个属，其中最早的代表有发现于非洲刚果前寒武纪地层中的钙质海绵、俄罗斯卡累利阿和叶尼塞山的元古代中期地层中的硅质海绵的骨针以及我国南方前寒武纪中的零星代表。从寒武纪开始，普通海绵、六射海绵和异射海绵三个纲的许多代表就都已经出现了，其中的异射海绵纲在三叠纪中期以后灭绝。钙质海绵则是在泥盆纪时才开始出现。

生命的主体——微生物界

SHENGMINGDEZHUTI——WEISHENGWUJIE

说起来，或许你不相信，地球上的生命主体既不是人类，也不是动物界和植物界，而是微生物界。无论是物种的数量，生存年代的久远，还是在地球生态系统中的地位，微生物都当之无愧地占据着主体的地位。动物不可能没有植物和微生物而活着，反之却不然。如果我们的生态系统被人为地破坏，顶多动物界被毁灭，而植物和微生物却不会消失。特别是微生物，它根本感觉不到生存危机。就是发生了一场毁灭全球的核大战，细菌们也不会觉得有什么不适应的。

在生物进化史上，微生物是最先出现的。不过目前存在的微生物可能大部分不是原初的种类，而是几十亿年进化的产物。有些微生物对人类是有益的，比如说，海洋和土壤中的微生物参与了自然界中的物质循环，它们不仅利用阳光合成自身所需的营养物质，从而为其他生物提供食物和氧气，还通过降解有机废物参与自然界碳和氮等的循环。有些微生物对人类是有害的，比如众所周知的禽流感病毒、SARS病毒，等等。

细菌可以说是最小的具有完整细胞的微生物了。还有一种称为病毒的微生物。和细菌相比，病毒是一种更小的，但也很特殊的生命体。一般来说，微生物的生长速度非常快，繁殖潜力非常巨大。微生物对环境的适应能力也是惊人的。微生物广泛地存在于地球的各个角落，从寒冷的南北极到炎热的赤道地区，从万米的高空到几千米的海底火山口，到处都有微生物的踪迹……

揭开病毒的神秘面纱

微生物学的奠基人巴斯德是病毒研究的先驱者，他发明了治疗狂犬病的疫苗，并认为引起狂犬病的病原是一种比细菌小的“生物”，首次将之命名为“病毒”。病毒，是一类不具细胞结构，具有遗传、复制等生命特征的微生物。病毒是最原始的生命体，早在没有细胞之前就有病毒存在，那时的病毒还只限于蛋白质和核酸，没有表现出病毒的寄生特征。当细胞体生物出现之后，个别这种蛋白质和核酸或它们的复合体表现出寄生性。病毒一旦产生以后，同其他生物一样，能通过变异和自然选择而演化。从普通的感冒到流感，从艾滋病到癌症，从禽流感到SANS，这些人们耳熟能详的疾病，无不与病毒有关。什么是病毒？它们是怎么来的？具有什么样的结构？病毒是怎么使人生病的？所有这些，一直到现在都还是科学家们研究的课题，也是这一节要向大家介绍的主要内容。

发现病毒

光学显微镜的发明使人类能够用肉眼看到了许多病原微生物的真面目，如细菌、菌物和原生动物。但是，对病毒来说，光学显微镜就显得无能为力了。20世纪前，科学家们为寻找像天花、脊髓灰质炎和狂犬病等的病原进行了不懈地努力，但都是徒劳无功。伟大的法国科学家、微生物学的奠基人巴斯德也是病毒研究的先驱者，他发明了治疗狂犬病的疫苗，并认为引起狂犬病的病原是一种比细菌小的“生物”，首次将之命名为“病毒”。当然，那时的人们对病毒的本质还是一无所知。

19世纪末以后，病毒的神秘面纱被慢慢揭开了。1892年，俄国科学家伊万诺夫斯基将一些患有花叶病的烟草叶子捣碎，然后取液汁涂到健康的叶子上，结果发现健康的叶子很快就染上了同样的病症。然而，用光学显微镜却观察不到任何病原菌，将液汁用细菌滤器过滤后，滤过液仍然具有感染性，说明这是一种比细菌还小的致病因子。

1898年，荷兰的贝杰林克重复了这一工作，并首次用“滤过性病毒”来描述这一病原体，简称病毒。直到1935年，美国科学家斯坦利从将近700千克烟叶的液汁中用化学方法获得了纯化的病毒结晶。将结晶溶解后注射叶片，病毒就可以恢复活性，繁殖扩增，使叶片患病。病毒能够结晶的事实说明它不是一类细胞生物。那么，病毒的结构是什么样的呢？

病毒的结构

现在已经证明，病毒没有细胞结构，仅由核酸和包裹着核酸的蛋白质外壳组成。和其他微生物类群相比，病毒的结构显然简单多了。可以说病毒是一类个体极其微小的特殊的生命体，准确地说，是一类传染性颗粒，所以一般来说，科学家不说某个病毒是“死”还是“活”，而是说这个病毒有或者没有“活性”。在电子显微镜下，可以清楚地观察到病毒的真面目。

病毒的蛋白质外壳称为衣壳，衣壳由许多亚单位即衣壳体构成。病毒之所以有各种各样的形状，就是因为衣壳体排列的不同。有些动物病毒在衣壳之外还有一层囊膜。囊膜来自宿主的细胞膜或核膜，病毒入侵人体后，就可借由囊膜上的特定糖蛋白识别宿主细胞，然后通过囊膜和细胞膜融合，将病毒颗粒送入细胞。

衣壳包裹着病毒的遗传物质核酸。有些病毒的核酸是核糖核酸(RNA)，有些是脱氧核糖核酸(DNA)，每一种病毒都只能有一种核酸。根据病毒核酸的组成，可以将病毒分为DNA病毒和RNA病毒。病毒的核酸只有一条，可以是双链，也可以是单链。整个基因组大约编码几个到几百个基因，这些基因大多和病毒的入侵和基因组的复制相关。和高等生物基因组动辄成千上万个基因相比，病毒的基因组算是很简单的了。

病毒的增殖过程

所谓增殖就是病毒的遗传物质复制扩增并形成新的病毒颗粒的过程。这个过程必须在宿主细胞内完成，因此说病毒是一种胞内繁殖的微生物，也就是说病毒只有进入宿主细胞才能增殖。下面以一种大肠杆菌的病毒 T4 噬菌体为例，介绍病毒增殖的过程。

细菌的起源

细菌的起源，根据目前已找到的化石来推断，可追溯至 35 亿年前，然而有关细菌的研究，则是显微镜发明改良后，才蓬勃发展。17 世纪后叶以前，人们并不知道有细菌这样一类生物。17 世纪后叶，荷兰人列文·虎克制作了能放大 200～500 倍的显微镜，观察了许多微小的生物。一次，他把一位从未刷过牙的老人的牙垢，放在显微镜下观察，吃惊地看到许多小生物。这些小生物呈杆状、螺旋状或球状；有的单个存在，有的几个连在一起。他把发现的小生物绘制成图，寄给英国的皇家学会，发表在学会的会刊上。从此，世人知道了细菌的存在。

细菌的形状构造

细菌包括真细菌、放线菌、支原体、立克次氏体、衣原体以及古细菌。

细菌主要是以单细胞的形式进行生命活动的。细菌的形态多种多样，大致可分为杆状、球状、丝状和螺旋状等。但也有许多细菌的细胞连在一起，形成多细胞的群体，如两个球状细胞形成的肺炎球菌，多个细胞连接成串的链球菌，或者多个细胞堆叠像一串葡萄一样的金黄色葡萄球菌。

作为原核生物的一员，细菌细胞当然具有原核生物细胞的结构和组成，从外到内依次为细胞壁、细胞膜、细胞质和核区。除此之外，细菌还含有鞭毛、菌毛、荚膜和芽孢等特殊结构。

细菌的生长和繁殖

细菌细胞生长一定时间后，染色质经过复制，形成一套一模一样的副本，然后细胞从中部缢缩，一分为二，两套染色体也平均分配到两个细胞中，这就是细菌的繁殖方式，称为二分分裂。细菌的分裂能力非常强，以大肠杆菌为例，在营养充足的条件下，37℃时每三十分钟就可分裂一次。由于细菌细胞很小，所以描述细菌的生长往往不是通过观察单个细胞的变化，而是直接测定细菌整个群体的密度。

细菌在营养丰富、条件适合时快速繁殖，一旦养料耗尽或环境变得不利于生长，如高温、低温等，细菌会停止分裂，部分细菌原生质体浓缩，最后在细胞中部或一端形成圆形或椭圆形的休眠体，称为芽孢。大部分的芽孢都是在细菌细胞内形成的，也称为内生孢子。芽孢的外面有很厚的包被，能抗高热、高寒、抗辐射、抗高压以及抗化学药物等能力，是细菌抵抗极端环境的方法。比如，芽孢可以在100℃的沸水中煮一小时而不死，一般要121℃高压蒸汽保持十五分钟以上才能杀死芽孢。科学家甚至在2500万年前的蜜蜂化石中分离到了能复活的芽孢杆菌属细菌的芽孢！由此可见，芽孢生命力的顽强。芽孢在环境适宜时，又能重新萌发繁殖。因此，为了保证灭菌的彻底，可以让灭过一次菌的物体先放置过夜，待未死的芽孢萌发产生新的营养体后，再灭菌一次，以彻底杀死所有微生物，这种方法称为间歇灭菌。污染罐头的肉毒梭菌是一种厌氧的革兰氏阳性菌，它产生的毒素只要1毫克就足以杀死100万只以上的豚鼠，因此罐头的灭菌要非常彻底。

细菌的多样性

从进化的角度来说，细菌的种类是多种多样的。我们上面所讲的主要属于真细菌一类。属于真细菌的还有放线菌、衣原体、立克次氏体、支原体等。

放线菌。如果拿起一把土壤闻一闻，就会闻到一股特有的土壤气味，这主要就是放线菌所发出的气味。放线菌菌体由分支的菌丝组成，称为菌丝体。有些放线菌通过菌丝的断裂来形成新的个体，有一些则在菌丝的顶端形成分生孢子，通过孢子萌发来形成新的个体。放线菌主要从土壤中分离得到，但也有一部分放线菌生活在植物内部，称为内生放线菌。放线菌是许多抗生素的产生菌，其中以链霉菌产生的抗生素最多。如灰色链霉菌产生链霉素，龟裂链霉菌产生土霉素。

衣原体比一般细菌小很多，立克次氏体比衣原体稍大，球形、杆形或球杆形。这两类菌的特点是它们进行细胞生长代谢的酶系统不完全，所以只能生活在寄主的细胞内，靠寄主细胞提供能量来进行生物合成。这两类微生物广泛寄生在动物体内，但不会对动物本身致病，然而，一旦在人身上寄生，往往就会造成疾病。沙眼俗称红眼病，就是由衣原体感染眼睛引起的。寄生在节肢动物如蚤、虱等昆虫细胞内的立克次氏体也会因为寄主被吸血而传到人体内，引起斑疹伤寒等疾病。

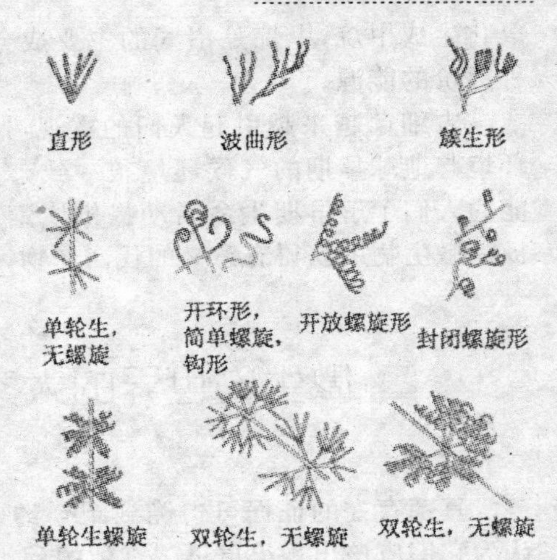

放线菌的繁殖

支原体是目前已知最小、结构最简单的能自我复制的细胞生物，整个基因组只有480个基因。它的主要特点是没有细胞壁，因而形状多样，在培养基上长成的菌落呈油煎蛋形。与衣原体和立克次氏体不同，支原体广泛分布在土壤、水体和动植物体内外，腐生和寄生都有，有一些是动植物的病原菌。肺炎支原体则是人的病原菌，和其他一些病原菌一样，能引起非典型肺炎（不同于由病毒引起的非典型肺炎）。

古细菌虽然也称为细菌，但实际上它们在进化上与前面所讲的真细菌相差很远，它们和真细菌与真核生物一起，并列为生物的三个总界。

和真细菌相比，古细菌的生活环境和细胞的化学组成都很特殊，在一些方面，如细胞形态、细胞核类型、染色体形状等两者非常相似；而在另一方面，如蛋白质合成、DNA复制等，古细菌更像真核生物。古细菌一般都是生活在极端环境中，如高温、高酸碱或者无氧的环境。在深海火山口350℃～400℃高温的海水中，也有古细菌的活动；甲烷菌是一种厌氧古细菌，它们能利用二氧化碳使氢氧化生成甲烷，甲烷是沼气的主要成分，可以用来燃烧发电，是一种廉价的能源。

古细菌越来越引起人们的重视，这不仅是因为古细菌的生活环境与地球早期的气候环境很一致，对古细菌的深入研究将有可能为人们了解早期生命活动提供线索，科学家们还希望能从这些极端微生物中获得有意义的代谢产物，如耐高温、耐酸碱的酶等。

微生物世界的大家族——真菌

真菌存在的证据可追溯到距今约 4.2 亿年前，但古生物学家认为它们应该出现得更早。真菌的种类很多，个体的差异也很大。真菌在微生物世界中是一个大家族。真菌从前被归在植物界，但今日的生物学家却不如此认为，因为它们与植物和其他真核生物差异非常大。真菌像植物一样具有细胞壁，但与植物细胞壁的成分不同，它不含纤维素，而含有如节肢动物外骨骼的几丁质。真菌也像植物一样固着在某处，不产生可动的细胞，但真菌的营养方式为异营，与植物的自营方式迥异。故今日的生物学家将真菌独立归为真菌界。

真菌的特征

在存放久了的柑橘和其他水果的表面，我们常常可以看到一片蓝色、灰色或绿色的毛茸茸的东西，这就是我们常说的“霉菌”。霉菌是真菌的一大类群。我们所熟知的真菌还有木耳、灵芝、冬虫夏草、双孢蘑菇、香菇、草菇等体型很大的食用菌和药用菌。

如果我们把这些霉菌和蘑菇拿到显微镜下观察，我们就会发现它们都是由分支或不分支的菌丝组成的。这些菌丝互相缠绕，就形成了我们肉眼可见的菌丝体，菌丝体长成菌落。不同种类的真菌的菌落可以很不相同，颜色也多种多样，有的黄色、有的绿色，有的呈黑色。所有这些真菌尽管在外观上很不相同，但它们都有如下一些共同的特征：首先，真菌和动物及植物一样，属于真核生物；真菌又是异养生物，也就是说和植物及部分细菌不同，所有的真菌都没有叶绿素以及其他能进行光合作用的色素，所以真菌不能利用二氧化碳和阳光来进行光合作用以制造本身生长繁殖所需的有机物质，只能以吸收营养的方式获得碳源和其他营养物质进行生长；真菌多是多核丝状体，但也有单细胞的，如酵母。

大部分的真菌是腐生的，它们一般是从腐烂的动植物中吸收营养成分，绝对寄生的真菌是极少的。真菌能分泌各种各样的酶，这些酶分解的基质包括纤维素、木质素、皮革、毛发、木头、橡胶等。据说，凡是地球上存在的物质，都有真菌可以降解利用的。即使在海洋和其他极端环境中，也有真菌存在。

真菌与人类

真菌的数目非常庞大，分布于地球的每个角落。据估计，全世界的真菌种类约有 150 万种，但被描述的种类只有大约 6.9 万种。从实用的角度，可将真菌分为两大类：大型真菌（蘑菇、木耳、香菇等）和小型真菌（霉菌、酵母）。然而，对这么庞大而复杂的种类进行科学分类并阐明各种类之间的相互关系是很困难的。目前较易被接受的一个系统是将真菌归为一个界，即真菌界。根据真菌的繁殖方式、形态结构和细胞壁的组成成分以及分子系统学的研究结果，将真菌界分为四个门：壶菌门、接合菌门、子囊菌门和担子菌门。

真菌种类繁多而复杂，具有高度的多样性。真菌跟人类的生活息息相关，人类从中受益或受害。蘑菇的主要部分并不是生于地上的子实体，而是生于基质（土壤或木头）内的菌丝体。这些菌丝体最大的占地可达 12 万平方米，重量超过 100 吨。有些菌丝体由中心向外扩张，在边缘形成蘑菇圈，称为仙人环。真菌在自然界物质循环过程中起着重要的作用，在森林生态系统中尤其明显。它们是枯枝落叶的主要分解者，主要分解纤维素、半纤维素和木质素。一些真菌在植物组织内生长，成为内生菌。现已证明，内生菌可以保护宿主免受病原菌的侵害。一些真菌感染昆虫，昆虫死亡后在虫体上长出子座，称为虫草。一些子囊菌和担子菌也与蓝绿细菌和绿藻共生，形成地衣。藻类通过光合作用为真菌提供有机食物。地衣可以产生许多次生代谢产物如地衣酸。

真菌在自然界物质循环中有着极其重要的作用，自然界中每天都有数以万计的生物在死亡，有无数的枯枝落叶和大量的动物排泄物，等等。那么，日积月累，久而久之，地球岂不就被生物的“垃圾”所覆盖了吗？其实不然，因为自然界中有许多“清洁员”。在这个清洁队伍中，干得最出色的是细菌和真菌。它们最大的本领，就是把死亡了的复杂有机体，分解为简单的无机物，这一过程，就是它们清除大自然中“垃圾”的过程，也是自然界物质循环的过程。

繁荣的植物王国

FANRONGDEZHIWUWANGGUO

植物界的产生是一个漫长的发生、发展和演化的历史过程。当今地球上生长着约四十多万种植物。它们不仅在形态结构上不同，而且在营养方式、生殖方式和生活环境上也各不一样。现代科学和化石研究表明，现存的这些植物并不是现在才产生的，更不是由"上帝"创造出来的，它们大约经历了 30 多亿年的漫长历程逐渐发生、发展和进化而来的。地球上最早出现的植物是细菌和蓝藻等原核生物，时间大约距今 35 亿～33 亿年前。以后经历了五个主要发展阶段才发展到现在的状况。

第一个阶段称为菌藻植物时代。

即从 35 亿年前开始到 4 亿年前(志留纪晚期)31 亿年的时间，地球上的植物仅为原始的低等的菌类和藻类。其中从 35 亿～15 亿年间为细菌和蓝藻独霸的时期，常将这一时期称为细菌—蓝藻时代。从 15 亿年开始才出现了红藻、绿藻等真核藻类。

第二阶段为裸蕨植物时代。从 4 亿年前由一些绿藻演化出原始陆生维管植物，即裸蕨。它们虽无真根，也无叶子，但体内已具维管组织，可以生活在陆地上。在 3 亿多年前的泥盆纪早、中期，它们经历了约 3000 万年的向陆地扩展的时间，并开始朝着适应各种陆生环境的方向发展分化，此时陆地上已初披绿装。此外，苔藓植物也是在泥盆纪时出现的，但它们始终没能形成陆生植被的优势类群，只是植物界进化中的一个侧支。第三个阶段为蕨类植物时代。裸蕨植物在泥盆纪末期已灭绝，代之而起的是由它们演化出来的各种蕨类植物。至二叠纪约 1.6 亿年的时间，蕨类植物成了当时陆生植被的主角。许多高大乔木状的蕨类植物很繁盛，如鳞木、芦木、封印木等。

第四个阶段称为裸子植物时代。从二叠纪至白垩纪早期，历时约1.4亿年。许多蕨类植物由于不适应当时环境的变化，大都相继灭绝，陆生植被的主角则由裸子植物所取代。最原始的裸子植物（原裸子植物）也是由裸蕨类演化出来的。中生代为裸子植物最繁盛的时期，故称中生代为裸子植物时代。

第五个阶段为被子植物时代。它们是从白垩纪迅速发展起来的植物类群，并取代了裸子植物的优势地位。直到现在，被子植物仍然是地球上种类最多、分布最广泛、适应性最强的优势类群。当然其他各类植物也都在发展变化，种类也不少。

纵观植物界的发生发展历程，可以看出整个植物界是通过遗传变异、自然选择（人类出现后还有人工选择）而不断地发生和发展的，并沿着从低级到高级、从简单到复杂、从无分化到有分化、从水生（特别是海生）到陆生的规律演化。新的种类在不断产生，不适应环境条件变化的种类不断死亡和灭绝。这条植物演化的长河将永不间断，永远不会终结。

出现最早的植物——藻类植物

现代科学和化石研究表明，现存的这些植物并不是现在才产生的，更不是由“上帝”创造出来的，它们大约经历了30多亿年的漫长历程逐渐发生、发展和进化而来的。地球上最早出现的植物是细菌和蓝藻等原核生物，常将这一时期称为细菌—蓝藻时代。从15亿年开始才出现了红藻、绿藻等真核藻类。藻类是地球上出现最早的植物，经过漫长的演化，直到6亿年前的寒武纪(属古生代)，藻类仍是地球上唯一的绿色植物。从现代藻类的形态、构造、生理等方面，也反映出藻类是一群最原始的植物。

原核藻类

地球上最早出现的藻类是单细胞的蓝藻，它们一直以“前寒武海”为演化中心。蓝藻，即蓝藻门，又称蓝绿藻。是一门最原始、最古老的藻类植物。其主要特征是：植物体简单，单细胞，各式群体和丝状体；细胞中无真核，但细胞中央含有核物质，通常呈颗粒状或网状，没有核膜和核仁，具有核的功能，故称其为原核。正因如此，近代大多数学者主张将蓝藻从植物界中分出来，和具有原核的细菌等一起，单立为原核生物界。

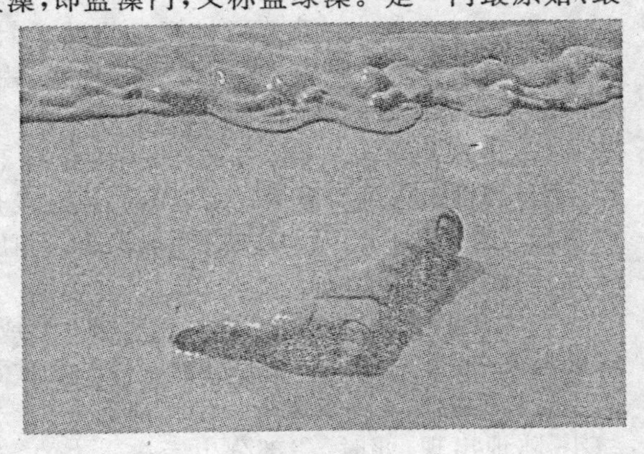

蓝藻大量繁殖

一般来说，凡含叶绿素a和藻蓝素量较大的蓝藻，细胞大多呈蓝绿色。同样，也有少数种类含有较多的藻红素，藻体多呈红色，如生于红海中的一种蓝藻，名叫红海束毛藻。由于它含的藻红素量多，藻体呈红色，而且繁殖也快，故使海水也呈红色，红海便由此而得名。

蓝藻在地球上大约出现在距今35亿～33亿年前，现在已知约1500多种，分布十分广泛，遍及世界各地，但主要为淡水产。有少数可生活在60℃～85℃的温泉中，有些种类和真菌、苔藓、蕨类和裸子植物共生。有不少蓝藻可以直接固定大气中的氮，以提高土壤肥力，使作物增产；还有的蓝藻成为人们的食品，如著名的发菜和普通念珠藻（地木耳）等。但在一些营养丰富的水体中，有些蓝藻常于夏季大量繁殖，并在水面形成一层蓝绿色且有腥臭味的浮沫，称为“水华”，甚至有些种类还会产生一些毒素，加剧了水质恶化，对鱼类等水生动物，以及人、畜均有很大危害，严重时会造成鱼类的死亡。

真核藻类

最古老的真核藻类是什么时候出现的呢？科学家们推测，在15亿年前，大气圈中游离氧的浓度已超过0.1%，臭氧层也开始形成，似乎有出现真核藻类的可能。这个时期，由原始单细胞真核生物分化产生的藻类植物，在海洋中十分繁盛，不仅有单细胞体，也有多细胞体，甚至更复杂。它们的体内含有不同的色素，五彩缤纷，十分鲜艳。大量的藻类在浅海海底经过漫长的岁月，堆积成了巨大的海藻礁，由于它们是一层层地聚集，并且和碳酸钙交互成层叠置，因而得名“叠层石”。

大约在10亿年前，是海藻礁在地球上形成最多的时期。在众多的藻类中，有一种叫绿藻的植物显得非常重要，它是后来的高等陆生植物的祖先。到了距今4亿年前后，由于造山运动，海洋面积缩小，陆地出现，此时，一部分生活在岸边的绿藻，逐渐登上陆地，进化成高等陆生植物——裸蕨。自从陆地上出现裸蕨植物，就揭开了陆生植物大发展的新篇章，从此，荒凉的大地开始披上绿衣。

藻类的基本特征

关于藻类的概念古今不同。我国古书上说:"藻,水草也,或作藻"。可见在我国古代所说的藻类是对水生植物的总称。在我国现代的植物学中,仍然将一些水生高等植物的名称中贯以"藻"字(如金鱼藻、黑藻、茨藻、狐尾藻等),也可能来源于此。与此相反,人们往往将一些水中或潮湿的地面和墙壁上个体较小,黏滑的绿色植物统称为青苔,实际上这也不是现在所说的苔类,而主要是藻类。

根据现代对藻类植物的认识,藻类并不是一个自然分类群,但它们却具有一些共同特征:藻类植物的形态、构造很不一致,大小相差也很悬殊。例如,众所周知的小球藻,呈圆球形,是由单细胞构成的,直径仅数微米;生长在海洋里的巨藻,结构很复杂,体长可达 200 米以上。尽管藻类植物个体的结构繁简不一,大小悬殊,但多无真正根、茎、叶的分化。有些大型藻类,如海产的海带、淡水的轮藻,在外形上,虽然也可以把它分为根、茎和叶三部分,但体内并没有维管系统,所以都不是真正的根、茎、叶。因此,藻类的植物体多称为叶状体或原植体。藻类植物一般都具有进行光合作用的色素,能利用光能把无机物合成有机物,供自身需要,是能独立生活的一类自养原植体植物。另外,藻类植物的生殖器官多由单细胞构成,进行无胚胎发育。

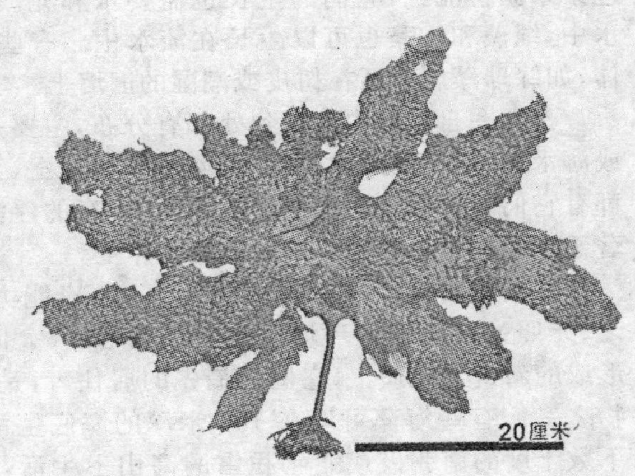

褐藻植物

藻类植物的种类繁多,目前已知有 3 万种左右。早期的植物学家多将藻类和菌类纳入一个门,即藻菌植物门。随着人们对藻类植物认识的不断深入，一般认为藻类不是一个自然分类群，并根据它们营养细胞中色素的成分和含量及其同化产物、运动细胞的鞭毛以及生殖方法等分为若干个独立的门。对于分门的看法，也有很大的分歧。我国藻类学家多主张将藻类分为十一个门：蓝藻、红藻、隐藻、甲藻、金藻、黄藻、硅藻、褐藻、裸藻、绿藻、轮藻。

按色素的颜色划分，藻类可分为三类：绿藻、褐藻和红藻。绿藻（如海莴苣和水绵）只有绿色色素——叶绿素；褐藻（如墨角藻属植物）只有褐色和黄色色素；红藻则含有红色和蓝色色素。藻类用色素来获得能源，它们的生长也需要水和光。褐藻只能生长在海水中，绿藻和红藻也可以生长在淡水中。有些藻类设法离开了水体，如绿球藻属生活在树皮或潮湿的旧墙上。

藻类在自然界中几乎到处都有分布，主要是生长在水中（淡水或海水）。但在潮湿的岩石上、墙壁和树干上、土壤表面和内部，也都有它们的分布。在水中生活的藻类，有的浮游于水中，也有的固著于水中岩石上或附着于其他植物体上。

藻类植物对环境条件要求不高，适应能力强，可以在营养贫乏、光照强度微弱的环境中生长。在地震、火山爆发、洪水泛滥后形成的新鲜无机质上，它们是最先的居住者，是新生活区的先锋植物之一。有些海藻可以在 100 米深的海底生活，有些藻类能在零下数十度的南北极或终年积雪的高山上生活，有些蓝藻能在高达 85℃的温泉中生活。有的藻类能与真菌共生，形成共生复合体（如地衣）。

生物进化史上的诺曼底登陆

大约 30 亿年前，地球上已出现了植物。最初的植物结构极为简单，种类也很贫乏，并且都生活在水域中。到了 4 亿多年前，由于气候变迁，生长在水里的一些藻类，被迫接触陆地，逐渐演化成蕨类植物，这是最早登陆地球的植物。首先登陆大地的是绿藻，进化为裸蕨植物，它们摆脱了水域环境的束缚，在变化多端的陆地环境生长，为大地首次添上绿装。刚登陆时，它们既无根又无叶，仅是一个“茎状物”。后来在适应陆地生活的变异中，逐渐有根、茎、叶分化的趋势。地上部分向空中发展，进行光合作用；吸水用水的器官有了分工，促使体内维管束的发展。地下茎逐渐生出了细小叉状旁枝，称为“假根”。后来，大陆气候进一步干旱，裸蕨类植物衰亡了，其他机能结构更高等的蕨类植物兴起。

裸蕨类植物登陆

现存的水生藻类拥有相当丰富的多样性，然而令人惊奇的是，在它们的原始祖先中只有淡水绿藻的一个种成功地登上了陆地，并衍生了从苔藓植物到有花植物的全部陆生类群。这一原始绿藻至今仍是一个未解之谜，但其近亲轮藻仍生活在今天许多湖泊的淡水里。DNA 分析的结果证实了所有的陆生植物均来自于同一祖先的结论。

陆生植物的祖先，原始的多细胞绿藻大约出现于 7 亿年前。在经过了约 2 亿年的进化后，在奥陶纪早期，海滩与河岸上开始出现了具有简单茎状结构的植物体。这些新的类型一般演化出了相对强壮的细胞壁以抵御波涛的冲击，同时产生了固定于岩石表面的特化结构以保持它们的位置。当这些生物的体积增大后，它们开始面临着养分运输问题，由于深没于水面下的部分无法进行光合作用，它们最终进化出了延伸于整个身体的特化的养分输导组织。

最早陆生植物的化石记载可以追溯到 4.75 亿年前的隐孢子四分体及其孢子囊的化石，可能属于类似地钱（苔类植物）的矮小植物体。陆生植物在进化的早期就发生了分化，一部分适应于水分充足的潮湿环境，因而不需要输水结构的进一步特化，这些类群保持了靠近地面的矮小形体并最终演化出了今天的苔藓植物；而另一部分，为了适应陆地上广泛的干旱环境，进化出了发达的根、茎、叶系统，并通过特化的输导水分与养料的维管组织彼此相连。根系统的进化保证了水分的来源，而茎、叶系统的进化则使光合的面积大大扩展。由于细胞壁中木质素成分的出现，使得植物体具有足够的强度向更广泛的空间伸展，维管组织的高效运输使水分与养料的供应都得到了充分的保证，这些特征使维管植物很快发展成为统治陆地的优势类群，在距今3.64亿年前的泥盆纪中维管植物即已相当繁盛。

迄今发现的最早维管植物化石产生于4.25亿年前的志留纪。这是被称为顶囊蕨或光蕨的矮小而简单的原始蕨类，它们与莱尼蕨等原始裸蕨类植物共同代表了维管植物的早期类型。在志留纪晚期曾经非常繁盛，到泥盆纪中期灭绝。

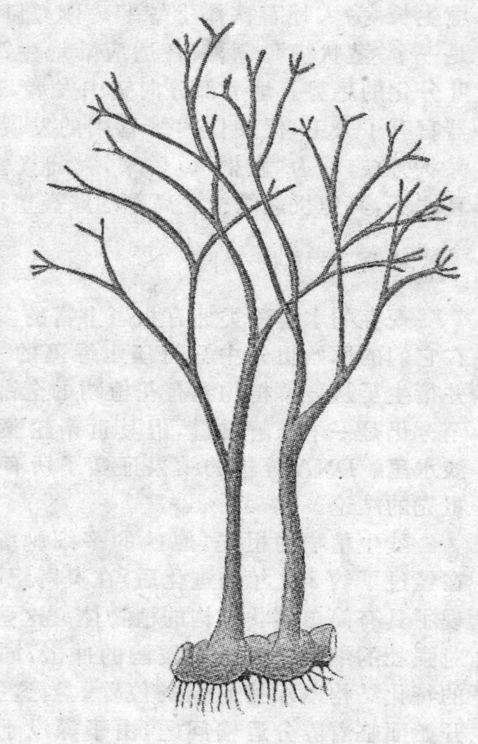
裸　蕨

裸蕨类植物形态

裸蕨植物因无叶而得此名。一般体型矮小，结构简单，高的不过2米，矮的仅几十厘米。植物体无真正的根、茎、叶的分化，仅有地上生的极其细弱的二叉分枝的茎轴和地下生的拟根茎。但是却出现了维管组织，在茎轴基部和拟根茎下面，又长出了假根。这不但有利于水分和养分的吸收及运输，而且加强了植物体的支持和固着能力。与此同时，茎轴的表皮上产生了角质层和气孔，以调节水分的蒸腾；孢子囊长在枝轴顶端，并产生了具有孢粉质外壁的孢子，坚韧的外壁使其不易损伤和干瘪，有利于孢子的传播。

这些结构都是裸蕨比它们的祖先——藻类，更能适应多变的陆生环境的新组织器官。这些组织器官与现代的高等植物相比，确实是非常简单和原始的，但是，裸蕨植物正是依靠这些简单的组织和器官解决了它们在陆生环境中所面临的一些主要矛盾，并且为沿着这样的道路继续衍生越来越高等的陆生植物奠定了初步的基础。由此看出，裸蕨植物是由水生到陆生的桥梁植物，也是最原始的陆生维管植物。

裸蕨植物的类型

裸蕨植物并非一个自然分类单位，而是一个极其庞杂的大类群。通过化石资料分析，它们大致可分为三种类型，即瑞尼蕨型、工蕨型和裸蕨型。这三种类型的植物又都是来自最原始的裸蕨植物——顶囊蕨，由于顶囊蕨的孢子囊是光的，所以又叫光蕨。1937年发现于英国、捷克、斯洛伐克和美国，1966年在我国云南也曾采到化石。顶囊蕨的茎轴不到10厘米高，非常纤细，二叉分枝，维管束也为二叉分枝，环纹管胞，孢囊顶生，孢子同型，肾形，是唯一的最古老的陆生维管植物。

瑞尼蕨型，这一类植物的典型代表是瑞尼蕨。1917年发现于英国的苏格兰。它是一群构造简单的小型草本植物。它的一些特征和现代蕨类植物完全一致。从这样一个原始的瑞尼蕨类型，向着两个途径演化：一条途径是，瑞尼蕨的能育和不育的顶枝简化，孢子囊聚合生长，并产生新的拟叶，由于枝的缩短，孢子囊由顶生变为侧生，也就是聚囊位于拟叶上方的短枝顶端，成为蕨类植物中的松叶蕨类；另一个途径是，瑞尼蕨产生近似轮生的叶子，孢子囊穗上的孢子囊倒生、悬垂于反卷的小枝顶端，成为歧叶和芦形木，由此进一步演化为具轮生分枝和孢子囊柄弯曲的木贼类。

工蕨型的代表植物是工蕨。工蕨不同于其他裸蕨植物的最大特点是：它在枝轴顶部组成穗状的侧生孢子囊，它们大都呈肾形，基部有短柄，并有沿着前缘切线开裂以扩散孢子的细胞加厚带。工蕨型植物出现得比瑞尼蕨型植物晚，它是从较早出现的瑞尼蕨型植物的原始类型衍生出来的。后来发现的一种早泥盆纪植物肾囊蕨，其植物体二歧式分枝和孢子囊单个顶生和瑞尼蕨型植物中的顶囊蕨一致，而孢子囊呈肾形，并沿前缘切向开裂，却又非常近似工蕨型植物。这一中间类型植物的发现，进一步说明了工蕨型植物是由瑞尼蕨的原始类型通过肾囊蕨演化来的。后来工蕨型植物发生了一次多方向的演变，而发展成为原始的石松类植物。其中一部分就成了现代石松类的远祖。

裸蕨型植物的代表为裸蕨。它的主轴比较粗壮，外部形态比瑞尼蕨型复杂。裸蕨的维管束木质部和主轴的直径相比，已经粗大得多了。从木质部的结构多少可以说明它和瑞尼蕨型植物的某些渊源关系。这也就是说，裸蕨型植物发源于瑞尼蕨的原始类型。从裸蕨的形态结构和由几层厚壁细胞组成的外皮层，都说明足够支撑一个相当大的植物体了。裸蕨的孢子囊可纵向开裂以传播孢子，这是比较进步的。它是裸蕨型植物中最高级的类型。

植物界系统演化中的主干

在裸蕨型植物中，有一种叫三枝蕨的裸蕨型植物，它生存于早泥盆纪末，在它的主轴上长着螺旋状排列的侧枝，侧枝从主轴长出后，很快就发生一次相等的三叉式分枝，这种三叉式的每小枝向前长出不远，就又发生一次不等的三叉式分枝和两次二歧式分枝，然后在每个末级细枝顶端，生长成对的或三个彼此紧靠成束的孢子囊。从三枝蕨的分枝形式和顶生成束的孢子囊以及所在的地质时代，无不说明它和其他裸蕨型植物具有密切的关系。但是植物体已很粗壮，加上枝轴形态结构的特别复杂，则为一般裸蕨型植物所不及，因而它很像是裸蕨植物与更高级的维管植物之间的过渡植物或中间类型。由此发展为真蕨类和前裸子植物，后者再进一步演化为各类裸子植物。

可以这样说，所有的陆生高等植物，除了苔藓植物以外，都是直接或间接起源于裸蕨植物，没有任何一种陆生维管植物能够绕过裸蕨植物而直接发源于水生藻类的。因此，裸蕨植物在植物界的系统发育中，上承生活在水中的藻类，下启陆生的蕨类和前裸子植物，是植物界系统演化中的主干。

陆地生活的真正“居民”——蕨类植物

裸蕨植物在泥盆纪末期已灭绝，代之而起的是由它们演化出来的各种蕨类植物；至二叠纪约1.6亿年的时间，它们成了当时陆生植被的主角。许多高大乔木状的蕨类植物很繁盛，如鳞木、芦木、封印木等。蕨类源于裸蕨植物，但已不裸，有了真正的根和叶。裸蕨和蕨类植物，经过“前赴后继”终于成了陆地生活的真正“居民”。

蕨类植物的演化

蕨类植物是地球上最早出现的陆生植物类群，具有4亿多年的悠久历史。尽管这个家庭的鼎盛时期早已过去，但在今天的世界上，除了干旱的大沙漠、严寒的南极洲及大洋远离大陆的个别岛屿外，到处都有蕨类家族成员的踪迹。尤其在温暖、潮湿的环境中，叶色翠绿、婆娑动人的各种蕨类植物十分茂盛。由于它们中的许多种类叶片细裂如羊齿，所以又被广泛称为“羊齿植物”。

蕨类植物源于裸蕨植物，裸蕨植物远在晚志留纪或泥盆纪时已经登陆生活。由于陆地生活的生存条件是多种多样的，这些植物为适应多变的生活环境，而不断向前分化和发展。在漫长的历史过程中，它们是沿着石松类、木贼类和真蕨类三条路线进行演化和发展。

石松植物是蕨类植物中最古老的一个类群，在下泥盆纪时就已出现，中泥盆纪时，其木本类型已分布很广，到石炭纪为极盛时代，二叠纪则逐渐衰退，而今只留下少数草本类型。其最原始的代表植物，是发现于大洋洲志留纪地层中的刺石松。现代生存的松叶蕨目植物没有根的结构，甚至在其胚的发育阶段，也没有任何根的性状。由此可见，它们先前从来就未曾有过根，所以根的不存在现象，乃是原始性状，而并非由于退化的结果。

木贼类植物出现在泥盆纪时，最古老的木贼类植物是泥盆纪地层中的叉叶属（海尼属）和古芦木属。其特征与裸蕨类及木贼属均相似，故被认为是裸蕨类与典型木贼植物之间的过渡类型。

真蕨类植物最早出现在中泥盆纪时，但它们与现代生存的真蕨类植物有较大差别，故被分成为原始蕨类。重要的代表有1936年在我国云南省泥盆纪地层中发现的小原始蕨以及发现于中泥盆纪的古蕨属等。这些植物在体形上很可能代表介于裸蕨类和真蕨类之间的类型。古蕨属的发现，加强了真蕨亚门和裸子植物门之间在系统发育上的联系。许多人认为，最早的裸子植物是通过古蕨这一途径发展出来的。在长远的地质年代中，这些古代的真蕨植物到二叠纪时大多已灭绝。到三叠纪和侏罗纪时又演化发展出一系列的新类群。现代生存的真蕨大多具有大型叶，有叶隙，茎多为不发达的根状茎，孢子囊聚集成孢子囊群，生在羽片下面或边缘，绝大多数是中生代初期发展的产物。

蕨类植物的特证

蕨类植物是植物中主要的一类，是高等植物中比较低级的一门。是最原始的维管植物。大多为草本，少为木本。孢子体发达，有根、茎、叶之分，不具花，以孢子繁殖。世代交替明显，无性世代占优势。

当你走在野外，看到路边或林下有一株如拳头般卷曲的幼叶，或者不经意间发现一种草本植物的叶背有许多棕色虫卵状的结构（孢子囊群），或者仔细观察到某种草本植物的叶背（特别是叶柄基部）生有一些棕色披针形的毛状结构（鳞片），这些植物都是蕨类植物。可以说，识别蕨类植物的三把金钥匙是：拳卷幼叶、孢子囊群、鳞片。

蕨类植物的一生要经历两个世代：一个是体积较大、有双套染色体的孢子体世代；另一个是体积微小、只有单套染色体的配子体世代。蕨类的孢子体也就是我们一般熟悉的蕨类植物体，包括根、茎、叶、孢子囊群等结构，其孢子囊中的孢子母细胞经减数分裂即形成具有单套染色体的孢子。孢子成熟后，借风力或水力散布出去，遇到适宜的环境，即开始萌发生长，最后形成如小指甲大小的配子体，配子体上生有雄性生殖器官（精子器）和雌性生殖器官（颈卵器）。精子器里的精子，借助水游入颈卵器与其中的卵细胞结合，形成具有双套染色体的受精卵，如此又进入孢子体世代，即受精卵发育成胚，由胚长成独立生活的孢子体。

蕨类植物的分布

蕨类植物体内输导水分和养料的维管组织，远不及种子植物的维管组织发达，蕨类植物的有性生殖过程离不开水，也不具备种子植物那样极其丰富多样的传粉受精、用以繁殖后代的机制。因此，蕨类植物在生存竞争中，臣服于种子植物，通常生长在森林下层的阴暗而潮湿的环境里，少数耐旱的种类能生长于干旱的荒坡、路旁及房前屋后。

其实，除了大海里、深水底层、寸草不生的沙漠和长期冰封的陆地外，蕨类植物几乎无处不在。从海滨到高山，从湿地、湖泊，到平原、山丘，到处都有蕨类的踪迹。它们有的在地表匍匐或直立生长，有的长在石头缝隙或石壁上，有的附生在树干上或缠绕攀附在树干上，也有少数种类生长在海边、池塘、水田或湿地草丛中。蕨类植物绝大多数是草本植物，极少数种类为木本植物，比如桫椤，能长到几米至十几米高。

现在地球上生存的蕨类约有12000种，分布世界各地，但其中的绝大多数分布在热带、亚热带地区。我国约有2600种，多分布在西南地区和长江流域以南。我国西南地区是亚洲，也是世界蕨类植物的分布中心之一。云南的蕨类植物种类约1400种，是我国蕨类植物最丰富的省份。我国宝岛台湾，面积不大，但蕨类植物有630余种之多。台湾是我国蕨类植物最丰富的地区之一，也是世界蕨类物种密度最高的地区之一。

蕨类植物与人类有较密切的关系。其中有人们早已熟知的药用植物，如贯众、金毛狗脊、问荆、瓦韦、石韦、海金沙、槲蕨、荚果蕨、卷柏、凤尾草等；也有现代流行的观叶植物，如鸟巢蕨、铁线蕨、肾蕨、银粉背蕨等。此外，蕨类植物中还有可食用的山野菜、淀粉植物以及饲料、绿肥、油料、染料等经济植物。

植物界最后的胜利者——裸子植物

蕨类植物以孢子来繁殖后代，在它们出现的时候，也出现了以种子来繁殖后代的植物。种子植物的出现，使植物界在演化过程中大大地向前迈进了一步，成为植物界最后的“胜利者”。原始的种子植物，开始摆脱了对水的依赖。不过像松柏类植物的胚珠，发育在形成鳞片的特殊叶子上，胚珠暴露于外面，由胚珠发育成的种子是裸露的，因此它们称为裸子植物。从二叠纪至白垩纪早期，历时约 1.4 亿年。许多蕨类植物由于不适应当时环境的变化，大都相继灭绝，陆生植被的主角则由裸子植物所取代。中生代为裸子植物最繁盛的时期，故称中生代为裸子植物时代。

裸子植物的起源

当古生代的蕨类植物形成地球上第一个原始森林的时候，比蕨类植物更加进步的裸子植物已经在泥盆纪晚期悄然出现了。但是在当时，地球上的气候温暖潮湿，蕨类植物的发展更为顺利，裸子植物还不能获得优势。到了二叠纪晚期，气候转凉而且变得干燥，蕨类植物不能很好地适应这样的新环境，逐渐退出了植物王国的中心舞台，裸子植物开始发挥出其潜在的优越性而得到了大发展，并将它的繁盛一直持续到白垩纪晚期。可以说，爬行动物王国里的植被是以裸子植物为特征的。

裸子植物是地球上最早用种子进行有性繁殖的，在此之前出现的藻类和蕨类则都是以孢子进行有性生殖的。裸子植物的优越性主要表现在用种子繁殖上。

二叠纪晚期之前，蕨类植物之所以能够得到大量繁殖，主要依靠其孢子体产生大量孢子，飞散到各处，在温暖潮湿的气候条件下，很容易萌发成为配子体；配子体独立生活，在水的帮助下受精形成合子，合子萌发后形成新一代的孢子体。但是在干燥的气候条件下，孢子很难萌发成配子体，萌发出的配子体也不易存活；特别是没有水不能受精，这就使蕨类植物的繁殖不能正常进行。

裸子植物的配子体不脱离孢子体独立发育，而是受到母体保护；它的受精不需要水作为媒介，而是采用干受精的方式。受精卵在母体里发育成胚，形成种子，然后脱离母体。此时如果遇到不利条件，种子不会马上萌发，但却继续保持着生命力。待到条件合适时，它们再萌发成为新的植物体。因此，裸子植物保存和延续种族的能力就大大增强了。

裸子植物起源于既有真蕨类特征，又有裸子植物特征的植物，即前裸子植物，其中包括古羊齿类和戟枝蕨类。在晚泥盆纪时，由前裸子植物进化出一支乔木状的植物，它的叶子大多是典型蕨叶型的羽状复叶，但是却有种子，因此被称为种子蕨。种子蕨虽然有了种子，但却没有胚；虽然有了花粉粒，但是还没有花粉管，也就没有花。这一方面证明了种子蕨是处于原始状态的种子植物的先驱，另一方面也证明了植物系统发育中种子的出现早于花和果实。

在此基础上，裸子植物分化出了苏铁类和松杉类两大类，并在中生代得到蓬勃的发展，成为爬行动物王国里植被中的优势成员。

裸子植物的特证

现代裸子植物约有 800 种，隶属 5 纲，即苏铁纲、银杏纲、松柏纲、红豆杉纲和买麻藤纲。裸子植物广布于南北半球，尤以北半球更为广泛，从低海拔至高海拔、从低纬度至高纬度几乎都有分布。裸子植物的科、属、种数虽远比被子植物少，但森林覆盖面积却大致相等。在高纬度及高海拔气候温凉至寒冷的地区，几乎都是某些裸子植物形成的单纯林或组成的混交林。

裸子植物很多为重要林木，尤其在北半球，大的森林 80％以上是裸子植物。如落叶松、冷杉、华山松、云杉等。多种木材质轻、强度大、不弯、富弹性，是很好建筑、车船、造纸用材。苏铁叶和种子、银杏种仁、松花粉、松针、松油、麻黄、侧柏种子等均可入药。落叶松、云杉等多种树皮、树干可提取单宁、挥发油和树脂、松香等。刺叶苏铁幼叶可食，髓可制西米，银杏、华山松、红松和榧树的种子是可以食用的干果。

银杏树

“活化石”——银杏和水杉

在裸子植物中，银杏和水杉都被誉为“活化石”，因为它们都一度险遭灭绝。而后又慢慢生长起来。

银杏是落叶乔木，高约 40 米，枝开展上升，长枝上另生短枝，短枝上簇生叶子。叶形像扇子，也像鸭掌。夏天，树冠张开像华盖，翠绿光润；秋天，绿叶变黄，男是一番景色。银杏雌树花落后结成枣子大小的种子，初时青色，熟时变黄，累累满挂。

银杏是古老的较原始的裸子植物。远在 2.7 亿年前石炭纪末期，银杏已开始生发，到侏罗纪时已处于极盛时期，遍布全球。到了白垩纪，地球上的气候发生巨变，适应性更强的被子植物出现，银杏就趋向衰退了。到了第四纪，由于气候巨变，冰川的侵袭，银杏在欧洲、北美洲全部绝了迹，亚洲大陆也濒于绝种。

水杉高 30～40 米，主干挺拔，侧枝横伸，交替着生主干，下长上短，层层舒展，宛如尖塔。线形而扁平的叶子，分左右两侧着生在小枝上，叶子随季节而改变颜色，春季嫩绿，夏季黛绿，秋季金黄，冬季转红，然后凋落。水杉是速生的用材树，又是风景林，既耐严寒，又不怕高温，现在，全世界已有 50 多个国家栽种水杉成功。

水杉是杉科乔木，叶形和落叶习性与水松相似，但水松球果上的果鳞是覆瓦状排列的，而水杉的果鳞是交互对生的。水杉在白垩纪已经出现在地球上了，后来也曾广泛地分布在北半球。到了第四纪，在巨大的冰川影响下，它被毁灭了，成为化石植物，终于退出生物界的舞台。这种植物化石在中国东北和库页岛上曾相继被发现，科学家们断言，这种植物已经在地球上绝迹了。

1941 年，我国植物学工作者第一次在四川省万县磨刀溪发现了一株奇树，后来又发现了更多的树木。经过研究鉴定，定名为水杉，是“活的化石”，成了 20 世纪植物学上的一项重大事件，轰动了世界。

银杏和水杉为什么能够生存下来成为活的化石植物呢？原来，银杏的残存地浙江西天目山深谷，水杉的残存地川鄂边境的磨刀溪，都位于中国南部的低纬度区，地形复杂，阻挡着冰川的袭击，而中国的冰川比较零星，大多是山麓冰川，加上河谷地区受到温暖湿润的夏季风影响，冰川活动被限制在局部地区。这种得天独厚的自然环境，成了这些古老植物的避难所，它们得以保存下来。

铁树开花

铁树开花是件非常难得的事。铁树，也叫苏铁，裸子植物，苏铁科，常绿乔木，不常开花。“铁树开花”是句成语，比喻非常罕见或者非常难以实现的事情，铁树开花就真的那么难吗？

事实上，铁树是一种热带植物，喜欢温暖潮湿的气候，不耐寒冷。在南方，人们一般把它栽种在庭院里，如果条件适合，可以每年都开花。如果把它移植到北方，由于气候低温干燥，生长会非常缓慢，开花也就变得比较稀少了。铁树分为雌性和雄性两种，雄铁树的花是圆柱形的，雌铁树的花是半球状的，很容易辨认。

相传铁树的生长发育需要土壤中有铁成分供应，如果它生长情况不好，在土壤中加入一些铁粉，就能使它恢复健康。有些人干脆把铁钉直接钉人铁树的体内，也能起到很好的效果。或许，这便是铁树名称的由来吧！

植物界的霸主——被子植物

被子植物是植物界中最高级，分布最广，形态变化最多和构造最复杂的一类种子植物。因为有显著而美丽的花朵，又称显花植物。被子植物属种多、数量大，自新生代以来一直居于植物界的优势地位。被子植物是从白垩纪迅速发展起来的植物类群，并取代了裸子植物的优势地位。直到现在，被子植物仍然是地球上种类最多、分布最广泛、适应性最强的优势类群。当然其他各类植物也都在发展变化，种类也不少。

“辽宁古果”破解“讨厌之谜”

大自然只有进入被子植物时代，才有了真正的花，大地才开始真正变得绚丽多彩、生机盎然。哺乳动物更是随着被子植物的兴起而繁盛，并进化发展到高级阶段。正因为被子植物与人类生活如此密切，是人类生存发展不可替代的物质资源，所以它的起源及早期演化，一直是古植物学领域的重大问题。

一百几十年前，英国生物学家达尔文曾因被子植物突然在白垩纪大量出现，并因找不到它们的祖先类群和早期演化的线索而感到困惑不解，称之为“讨厌之谜”。一百几十年后，“辽宁古果”的出现为解开这个谜提供了重要依据。

1996 年 11 月的一天，一位刚从辽西野外回来的同事给中国古植物学家孙革送来了 3 块 1.4 亿年前侏罗纪晚期的化石。由于当时比较忙，所以孙革只是将标本暂时放到了抽屉里。两天后，当他在研究室里小心翼翼地打开用纸包裹着的化石时，他被眼前的第三块化石吸引住了：在这片化石上有一株貌似蕨类的分叉状枝条，其似叶子的部分呈凸起状，显然不同于常见的蕨类植物。五十多岁的孙革怀疑自己是不是眼花了，他再用放大镜仔细观察，的确，在主枝和侧枝上呈螺旋状排列着四十多枚类似豆荚的果实，每枚果实中都包藏着 2～4 粒种子。他又把化石置于放大镜下更加仔细地观察，可以清晰地看到，种子被保藏在果实之中。“这是确凿无疑的被子植物。”

尽管“辽宁古果”只是向世人展现了古老的果实，但由于果实只能由花朵形成，所以，找到了最古老的果实也就意味着发现了最古老的花朵。

被子植物的起源

能够开出真正的花朵，这是被子植物的特点，也是这个伟大的进化造就了今天被子植物在植物界的霸主地位。迄今为止，已经被人类鉴定的被子植物超过了 27 万种，占现存植物种类的一半以上。但遗憾的是，那些最早出现的被子植物早已消失了，我们对这样一类霸主植物是如何出现并繁盛的过程并不甚了解。

关于被子植物的起源，目前比较流行的一种是球花说，也称本内苏铁假说。其依据是本内苏铁目的重要代表准苏铁具两性花，与被子植物中的木兰的两性花相似。另一种是种子蕨假说，认为被子植物和种子蕨植物都有胚珠和用种子来繁衍后代的共同点。

除此之外，也有人认为被子植物的来源不是单元的而是多元的。

被子植物出现于早白垩纪，产自美国加利福尼亚州的“加州洞核果”，被认为是早期的被子植物果实化石。早白垩纪的被子植物化石还发现于美国弗吉尼亚，我国东北地区，俄罗斯西伯利亚东部，欧洲葡萄牙和英国等地。早白垩纪被子植物化石都是和大量的真蕨、苏铁、银杏、松柏植物伴生，而且在植物群中占很小的比例。此外，已发现的早白垩纪被子植物化石大多数是比较进化的类群，所以早白垩纪被认为是被子植物的高度进化和发展的时期。被子植物应当起源于前白垩纪。

双子叶植物

晚白垩纪开始，被子植物在世界各地突然大量增加，它们的属种和个体数量都超过其他任何一种植物。据统计，这一时期已发现的被子植物化石约有 60 科以上，达两三万种之多。许多被子植物的形态同现代的差别很大，大多为木本双子叶植物，只有极少数为水生草本植物和单子叶植物。

自白垩纪上半叶直至现在，被子植物是地球上最先进化和分布最广的优势植物。被子植物的出现，不仅使大自然披上绿装，而且促进了生物界的更进一步发展，特别是对陆生动物，如哺乳动物、鸟类、昆虫等的发展，具有决定性的意义。

形态与分类

被子植物的孢子体高度发达，有明显的根、茎、叶和花的分化，为乔木、灌木或一至多年生草本。绝大多数被子植物的木质部有导管，韧皮部有筛管和伴胞，但某些水生、寄生、腐生和肉质被子植物在进化过程中，导管消失了。少数原始的被子植物没有导管。叶为有叶隙的大型叶。花通常由花萼、花瓣、雄蕊和雌蕊组成。

由于被子植物的种子被包在密封的果实之中，因而名为被子植物。双受精作用使被子植物确保了第二代孢子体的营养，并获有双亲的遗传物质，从而提高了种子的变异性，使后代产生了更加复杂和完善的内部形态和器官，以至在长期的进化中获得了比裸子植物大得多的可塑性与适应性。所以，只有出现了被子植物的大发展，才能把大地装扮得郁郁葱葱，才使得生物界发生巨大的变化。

被子植物根据胚的子叶数目分为两个纲：双子叶植物纲和单子叶植物纲。双子叶植物纲，木本、草本、藤本植物皆有，胚具两个子叶。主根发达，维管束有形成层，通常可进行次生增粗，并可形成年轮。叶脉主要是网状脉。有单叶和复叶。花各部常为五或四的倍数。单子叶植物纲，大部为草本，胚常具一个子叶。须根发达。具散生封闭式维管束。茎不能进行次生增粗，不形成树皮。

关于单子叶植物与双子叶植物的关系，一般认为双子叶植物比单子叶植物更原始、更古老，并以此推论单子叶植物是从双子叶植物演变而来的。

分布地区

被子植物是植物界进化最高级、种类最多、分布最广、适应性最强的类群。它们分布于各个气候带。由于气温高、雨水多的缘故，热带、亚热带最多。南美亚马孙河区有约 4 万种。温带地区因气温降低，雨量少了，种类渐减。北极地区则大大减少，许多地方几乎无被子植物，仅少数地方有少数种类顽强生存。如北极柳、北极罂粟，其分布纬度达北纬 80°以上。在南半球南极大陆的莫尔吉特湾詹尼岛附近，有石竹科植物厚叶柯罗石竹生存。另外，从海拔高度看，地势越高，气温越低，植物种类组成也有变化；在珠穆朗玛峰地区，气候严寒，只有少数耐寒种类方可生存。雪莲花在新疆天山高处也有分布。

极端的自然环境还有沙漠。如我国新疆维吾尔自治区的沙漠

雪莲花

地区，有胡杨和梭梭生存，能适应干旱气候。北非撒哈拉大沙漠中下雨极少，有的地方十几年无雨。有一种植物叫矮生齿子草，由于极端干旱形成只有几十天极短的生命周期，称为短命植物。它在稍有雨水时，能发芽生长到开花结实，完成一代任务。平时稍有湿润，花就张开，一旦干燥，花即闭合，十分灵敏。美洲墨西哥的沙漠地区，有一类特别适应干旱的植物就是多浆植物，著名的为仙人掌科。全身多刺，叶退化，茎含水多，可用以抗旱。其中有的种类形如巨人，如用刀砍开，可以直接喝到水。在盐碱地上，有抗盐性强的被子植物，以藜科最著名，如盐角草为一年生草本，肉质，叶极小，茎节状，可以进行光合作用。

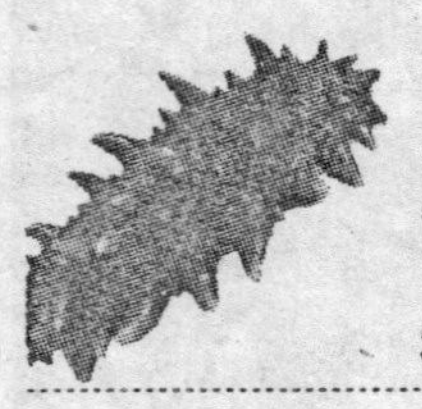

数星庞大的无脊椎动物

SHUXINGPANGDADEWUJIZHUIDONGWU

在原始海洋这个得天独厚的环境中，单细胞的原生动物经过群体阶段，发展为多细胞动物，也称后生动物。在后生动物中，海绵动物是最原始的类型，而且已经特化，所以，它是进化中的旁支。

双胚层的腔肠动物是进化的主干。由双胚层动物向三胚层动物发展，出现了两种发育方式：一种是节肢动物式的，另一种是棘皮动物式的。在节肢动物式发育的一支上，先发展出扁形动物和线形动物，然后分两个方向发展：一是向有贝壳的方向发展，进化出软体动物等；二是向有体节和外骨骼的方向发展，进化出环节动物和节肢动物。在棘皮动物发育的一支上，棘皮动物是一个特化了的旁支，主干是脊索动物，尤其是发展到脊椎动物，就成了动物系统发育主干中的主干。

无脊椎动物是背侧没有脊柱的动物，它们是动物的原始形式，动物界中除原生动物界和脊椎动物亚门以外全部门类的通称。有人说："如果一夜之间所有的脊椎动物从地球上消失了，世界仍会安然无恙，但如果消失的是无脊椎动物，整个陆地生态系统就会崩溃。"

一切无脊柱的动物，占现存动物的90%以上，分布于世界各地。在体型上，小至原生动物，大至庞然巨物的鱿鱼。一般身体柔软，无坚硬的能附着肌肉的内骨骼，但常有坚硬的外骨骼（如大部分软体动物、甲壳动物及昆虫），用以附着肌肉及保护身体。除了没有脊椎这一点外，无脊椎动物内部并没有多少共同之处。

地球上无脊椎动物的出现至少早于脊椎动物1亿年。大多数无脊椎动物化石见于古生代寒武纪，当时已经有节肢动物的三叶虫及腕足动物。随后发展了古头足类及古棘皮动物的种类。到古生代末期，古老类型的生物大规模灭绝。中生代还存在软体动物的古老类型(如菊石)，到末期即逐渐灭绝，软体动物现代属、种大量出现。到新生代演化成现代类型众多的无脊椎动物，而在古生代盛极一时的腕足动物至今只残存少数代表(如海豆芽)。

最原始最低等的多细胞海绵动物

单细胞单枪匹马地闯天下，力量是单薄了一点，生命进化自然就向多细胞类型发展，而且从此以后都是多细胞动物。对于多细胞动物是怎样起源的，现在还无法确切知道其真实过程。只能从团藻这种单细胞群体中，出现某些细胞的分化而得到一些启示。

海绵动物的形态

在多细胞动物中，海绵类是最原始的代表。它最早出现于25亿～5.7亿年前的前寒武纪，并一直延续至今。由于海绵动物体壁上有许多被称为“入水孔”的小孔，仿佛泡沫塑料，所以又叫多孔动物，是多细胞动物中最低等的一个类群。海绵动物的体壁由内、外两层细胞构成，外层细胞扁平，内层细胞长有鞭毛，多数有“领细胞”。在内外两层细胞间，还有一层中胶层，其中有像变形虫的游离细胞、生殖细胞、造骨细胞、海绵丝细胞等。它们只有构造和机能上的差别，没有组织分化。入水孔通入体内的沟道，同领细胞组成的鞭毛室和身体顶端的出水口组成海绵动物特有的复杂沟道系统。

海绵动物大多产于海水中，少数生活在淡水里，因身体比较柔软而得名。海绵动物并非完全不能移动，它们身体的主体能通过肌细胞的移动进行有限的活动，但在通常情况下，它们却往往固定在同一地点纹丝不动。海绵动物的形状千姿百态，有片状、块状、圆球状、扇状、管状、瓶状、壶状、树枝状，姿态万般，惹人喜爱。例如，自枝海绵是呈扁管状的群体，枇杷海绵像一颗圆圆的枇杷，矮柏海绵似一串精巧的灯笼，佛子介海绵则如同一个玻璃纤维球直立于柄上，寄居蟹皮海绵扁平如薄纸，偕老同穴海绵则被称为“维纳斯的花篮”。

有趣的是，通常水流流速的大小、波浪活动的强弱、底质的硬软程度，也常使同一个物种的海绵拥有不同的外部形态。例如在

海绵动物

近岸破波带生活的通常喜欢包在岩石上，好似薄的茄皮或姜皮；在流急环境中生活的又大多像土墩，有着良好的流线型体形；而在缓流或风平浪静的环境中栖居的，体形又多呈高耸的烟囱状。

海绵动物的色泽各个不同，有大红、鲜绿、褐黄、乳白、紫色等各种颜色，像花儿一样美丽。因此，人们一直相信它是植物，直到1825年，随着显微镜的发明和使用以及生理学和胚胎学诸方面的发展，科学家才确定它是动物。事实上，海绵动物的色彩来源于共生藻或非活性的贮存色素，例如绿色是因其体内共生有绿色的虫绿藻，而红色、黄色、橘黄色等是因为细胞内含有脂溶性的胡罗卜素，其存在可出现各种颜色。

奇特的生殖和摄食方式

海绵动物都具有非凡的再生能力。它比抛肠后能长新肠的海参、断肢后会重新长出完整个体的海星等动物的再生能力更为高强。有些海绵动物被磨成粉后再经过筛选，成了很细的小颗粒，却仍然具有顽强的生命力，将它们抛进大海中以后，不但不会死去，相反每一小块都会渐渐长大，变成了一个个新的海绵动物，这种情况就像孙猴子的毫毛会变出成百上千的小孙猴子来一样。有人还曾经把两种不同颜色的海绵动物放在一起，经挤压和细筛过滤，滤过的游离而分散的细胞，最初相互靠拢，过一段时间便分开，帮派分明地聚集、排列，在适宜的条件下，竟又不断生长成两个新个体。这个实验说明了海绵动物的细胞虽有所分化，但仍处于低级阶段。

海绵动物的摄食方式也十分奇特，是用一种滤食方式。单体海绵很像一个花瓶，瓶壁上的每一个小孔都是一张“嘴巴”。海绵动物通过不断振动体壁的鞭毛，使含有食饵的海水不断从这些小孔渗入瓶腔，进入体内。在“瓶”内壁有无数的领鞭毛细胞，由基部向顶端螺旋式地波动，从而产生同一方向的引力，起到类似抽水机的泵吸作用。当海水从瓶壁渗入时，水中的营养物质，如动植物碎屑、藻类、细菌等，便被领鞭毛细胞捕捉后吞噬。经过消化吸收，那些不消化的东西随海水从出水口流出体外。如果把石墨粉或几滴墨水滴在饲养在水族箱中的活海绵动物的一侧，过不了多久瓶口（出水孔）处就会流出黑色的细流。随着源源不断的水流，细菌、硅藻、原生动物或有机碎屑也被携入体内为领细胞俘获供作营养。这种取食方式充分证明了它属于滤食的异养动物。

原始的多细胞动物进化为腔肠动物

原始的多细胞动物祖先在发展中分为两支：一支进化为没有严格组织分化和消化腔的海绵动物，另一支进化发展为两胚层动物的祖先，由这样一类动物进化为腔肠动物。腔肠动物是两胚层动物，是真正的双胚层多细胞动物，在动物进化史上占有重要地位。所有高等的多细胞动物，都被认为是经过这种双胚层结构而进化发展生成的。腔肠动物早在前寒武纪就已经出现在地球上的海洋里了。澳大利亚前寒武纪埃迪卡拉动物群中发现的化石中76％都是腔肠动物，其中主要的都是原始的水母类。可见，前寒武纪的地球海洋真可谓是一个水母的世界。寒武纪以来，腔肠动物的其他各个门类相继兴起，直到今天它们仍然非常繁盛，目前已知的腔肠动物共有一万种左右。

腔肠动物是真后生动物的开始，是动物进化过程中的主干，而海绵动物只是一个侧枝。腔肠动物的身体由内胚层和外胚层组成，因其由内胚层围成的空腔具有消化和水流循环的功能而得名。腔肠动物具有两种特殊的细胞，一种叫间细胞，一种叫刺细胞。间细胞可以变化形成其他细胞，如形成肌肉细胞、神经细胞等。刺细胞是一种可以放出刺丝，具有捕杀猎物和防御敌害功能的细胞。

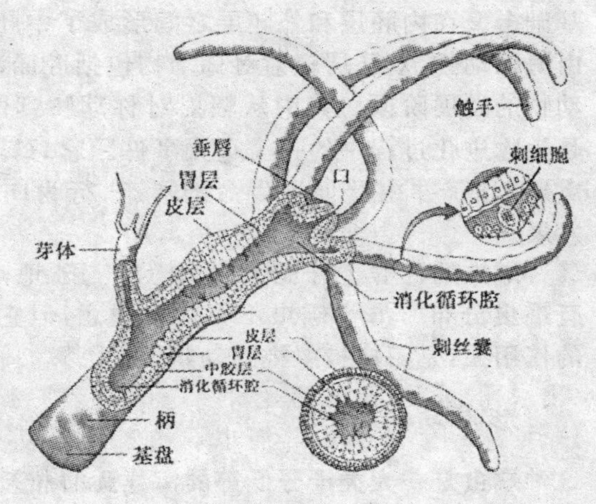

腔肠动物的模式图

绝大多数的腔肠动物生活在海洋中，淡水中的种类很少。身体呈辐射对称，这在动物演化上是个进步。腔肠动物有两种体形，一为水螅型，一为水母型，无性和有性两种生殖方式常交互出现，形成世代交替。很多腔肠动物具有外骨骼或在中胶层内的骨骼，骨骼多为钙质，有些可成礁。最早出现于前寒武纪，一直延续至今。腔肠动物包括的种类很多，一般分为原水母纲、侧水母纲、水螅纲、钵水母纲、珊瑚纲。珊瑚纲现生及化石类型都极为丰富，是腔肠动物门中最重要的一类，原水母纲及侧水母纲是原始的化石种类，水螅纲和钵水母纲主要为现代生物，也有少量化石保存。常见的腔肠动物有水螅、水母、海葵、珊瑚等。

三胚层蠕虫动物纵横海底

二百多年前的 18 世纪，生物学的系统分类还很不完善。当时的著名分类学家林耐把那些身体大致呈长形、缺少外骨骼、运动方式为靠皮肤肌肉收缩和体液压力进行蠕动的“虫子”统称为蠕虫动物。实际上，所谓蠕虫动物是许多原始的刚刚有三胚层身体结构的动物的统称，它包括了许多庞杂的类群。所谓三胚层，就是在类似于珊瑚或是海绵那样的只有内、外两个胚层的动物的身体结构基础上又在内胚层和外胚层之间形成了中胚层。动物进化经历了由海绵动物、双胚层辐射对称动物包括腔肠动物、三胚层两侧对称动物的发展阶段。其中从辐射对称动物到两侧对称动物的演化，是生物进化过程中的一个重大事件。它意味着一系列遗传基因的重要创新，并由此促进生命的形态、行为向更加复杂的阶段快速发展。

蠕虫的种群十分庞大。从海洋到陆地，从咸水到淡水到处都有蠕虫分布。海洋蠕虫不大被人注意，但它们种类多、数量大，起的作用大，是不应被忽视的动物类群。

形态分类

蠕虫是一大类十分低等的海洋无脊椎动物。它们的身体长而柔软，全身上下没有骨骼。在海洋生物的演化过程中，蠕虫是比较原始的种类。不过它们比更原始的多细胞动物已经有了划时代的进步。那就是，蠕虫的身体已经有了前端和后部的区分。蠕虫的前端是一块还不能称为头部的区域。在这个区域里有密集的神经，这块区域是头部的雏形。蠕虫的身体已经具有了完整的神经网，神经网将身体各处受到的刺激反馈给前端的神经中枢，神经中枢就会产生相应的反应。

根据有无体腔的形成，科学家把蠕虫动物首先分为无体腔、假体腔和真体腔三大类。其中，无体腔蠕虫动物包括扁形动物门和纽虫动物门两大门类；假体腔蠕虫动物包括线虫动物门、线形动物门、轮虫动物门、腹毛动物门、动吻动物门和棘头动物门；而真体腔蠕虫动物则包括螠门、星虫门、鳃曳动物门和环节动物门。

无体腔蠕虫动物和假体腔蠕虫动物保存下来的化石非常稀少，仅有一些寄生类化石、印痕化石等。真体腔蠕虫动物的遗体化石也很少，但是虫颚（虫牙）和遗迹化石较为丰富。20 世纪 90 年代，我国科学家在云南省澄江地区发现了大量的寒武纪古生物化石，被称为“澄江动物群”，其中就有属于鳃曳动物门的蠕虫动物遗体化石，如帽天山虫、环饰蠕虫和古蠕虫等。这些 5 亿多年前潜居在古海洋海底泥沙中的古老生物为科学家研究地球早期的动物进化及地球早期生态环境提供了难得的线索。

深海蠕虫

最近，在太平洋加拉帕哥斯群岛附近的深海中发现了一种深海蠕虫。它们生活在2500米的大海深处，体长有3米，令人惊奇的是它们竟然没有口和消化系统。那么它们靠什么生活呢？研究显示，其身体组织内可能有一种细菌生存。这种细菌能够从矿物质的化学还原反应中产生能量，并且利用海水中的二氧化碳和海底温泉中的硫化合物合成碳水化合物，供给蠕虫吸收。

许多在海洋中生活的蠕虫都能发光。当年哥伦布第一次接近北美海岸的时候，曾经记录下“海中游动的烛光”。其实，哥伦布看到的是多毛类蠕虫的交配仪式。这种小型底栖多毛类蠕虫每年盛夏之夜月圆时候，会连续几夜游到海面上，像参加集体婚礼一样，举行繁殖的典礼。雌蠕虫纷纷跳起华尔兹，形成一个一个绿色的光环。雄蠕虫也纷纷一闪一闪地发光，向雌蠕虫发出求爱的信号。然后，雄蠕虫向雌蠕虫游去，雌雄相会后，分别释放出卵子和精子。繁殖仪式结束后，受精卵开始独立的成长过程。蠕虫仍旧回到海底继续它们的生活。

为数众多的海洋蠕虫虽然在相貌上未必像其他海洋动物那样漂亮，但在海洋生物大家族中仍是重要成员，有着不可替代的重要作用。海洋蠕虫涉及的动物门类很多，种类也很多。

在蠕虫中，最简单的要算扁虫类了，大多过着寄生生活，多数栖于海洋。扁虫类的身体两侧对称，这意味着眼等感觉器官逐渐向前集中，开始头化，而且身体也有背腹之分，但扁虫的身体扁平，像片叶子，厚不过5毫米，口和肛门还只是共用腹面中央的一个共同的开口，两个眼点位于前方。扁虫栖息于海底的石块与海藻之下，颜色和石头相似，靠纤毛在岩石上爬行，晚上捕食小的软体动物或其他小型无脊椎动物。

纽虫动物大部分生活于海洋中，它们的身体不分节，和扁虫很相似，还没有体腔，但消化道有两个开口，食物从口入，残渣从第二个开口排出，这比扁虫的消化吸收效率要高。纽虫动物身体比扁虫大，小的长20厘米，大的可长达10米。大型纽虫身体有发达的环肌和纵肌肌肉带，环肌收缩身体就变细长，纵肌收缩身体则变粗短。有一种脑纽虫，身体有惊人的延长能力，可以从长1米、直径2厘米伸长到12米、直径2毫米。另外，它还有一个很长的吻，平时缩在鞘内，捕食时可以突然伸出来，伸得几乎和其身体一样长；上面覆盖黏膜和倒刺，可以将小的节肢动物、软体动物和环节动物等擒获。它们平时生活在海底的泥沙中或在海藻和岩石之下。

线虫已知有上万种之多，有半数是海洋的居民。有的生物学家估计，它们的种类还要多，可能有五十多万种。很可惜它们的身体都太小，不用显微镜是无法看清它们的真面目的。

环节动物的身体是分节的，每一节有着相似的肌肉、相似的器官和相似的附肢，仿佛是由一节节车厢相连而成的一列长长的微型列车，身体的每节相当于一节车厢，头部相当于火车头，头上有四个眼和两对探测器一样的触角。它们大部分生活在海里，其中以多毛类占大多数。

多毛类动物大者长达一米，小的仅几毫米，从浅海到五千多米的深海里都有。它们有的体色金黄，有的泛着珍珠光泽，在海底游泳时，蜿蜒前行，动作优美动人。它们在海底以线虫、扁虫、端足类等小型动物为食。

多毛类动物中非常著名的要属沙蚕了，其状如蚯蚓，又称海蚯蚓，每节身体上都生着疣足，足上生有刚毛，并因此而得名。它的生殖活动非常有趣。平时它们都分散在海底觅食，一到春末夏初，性腺成熟，雌雄沙蚕都变得颜色鲜艳，呈粉红色、绿色或白色，趁着月圆高照之夜，纷纷游向水面，举行一年一度的婚姻大典，雌雄齐舞动，随波共沉浮。雌沙蚕发出幽幽磷光，一闪一闪地召唤着雄性，雄性拖着长长的光尾追逐而来，数条雄沙蚕围绕一条雌沙蚕不约而同地跳起了狂欢圆舞曲。可惜好景不长，这新婚之夜、狂欢之夜，也是它即将了却一生之夜。当黎明将到，完成产卵受精活动的成体都体力耗尽，纷纷死去，沙滩上、海浪中到处都可见到死亡的沙蚕。由于繁殖期的沙蚕体内充满生殖腺，营养异常丰富，以沙蚕为食的鱼类纷纷追逐而来；鱼群追逐捕食，往往形成良好的捕捞区和渔场，因而渔船也纷纷赶来。

多毛类动物的数量大，繁殖再生能力强，总生物量仅次于软体动物和甲壳动物。在海洋生态的食物链中，它处于承上启下的关键位置，成为海洋生物食物金字塔的基础。其幼体供幼虾、幼鱼摄食，成体则是经济鱼类及虾、贝、蟹的重要饵料。据调查，鲽和鳕等底栖鱼类的胃含物中，沙蚕等多毛类占总量的50%～80%。哪里的沙蚕多，哪里的鱼就会长得膘肥体胖。大个的沙蚕也是人的美味佳肴，我国南部沿海地区和东南亚一带对其颇为赏识。

多毛类动物还可被用于监测水的污染，因有的沙蚕在污染区易出现畸形。厌氧性多毛类动物在底质黑臭、富含硫化氢的污染区会大量繁殖。根据所含多毛类动物的情况就可判断出水质的污染程度。

软体动物进化出具有保护性背壳

由于软体动物与环节动物胚胎发育的相似性，说明它们有着共同的起源，共同起源于相似扁形动物的祖先，然后各自向不同方向发展，软体动物不善于运动，出现了背壳，发展了保护性的结构与机能，形成了软体动物的特征。而环节动物通过身体的延长，内外结构上出现了分节现象以适应穴居生活，形成了环节动物的特征。

巨型软体动物

软体动物是无脊椎动物中数量和种类都非常多的一个门类，已经发现的现代种类加上化石种类一共有12万种，仅次于节肢动物而成为动物界中的第二大门类。软体动物适应力强，因而分布广泛，陆地、淡水和咸水中都有大量成员，像蜗牛、河蚌、海螺、乌贼等都是我们熟悉的代表。

各类软体动物虽然形态各异、习性有别，但是基本特征十分相似，身体柔软而且大多数都不分节，一般都分为头、足、内脏团和外套膜四个部分。外套膜通常还都分泌出钙质的硬壳保护在身体的外面。由于外套膜形状因种类而异，不同种类的软体动物的硬壳外形也就各种各样。不过，除了大多数成年期的腹足动物之外，它们的壳体都是左右对称，也就是两侧对称的。

科学家正是根据这些硬壳和软体结构的差异，将软体动物分成了十个纲，它们是单板纲（如新笠贝）、多板纲（石鳖，白垩纪至现代）、无板纲（如海兔）、腹足纲（如鲍、蜗牛）、掘足纲（如角贝）、双壳纲（如河蚌、海扇、蛤蜊）、喙壳纲（它们是已经灭绝了的古生物，如海拉尔特壳）、头足纲（如乌贼、鹦鹉螺、菊石）、竹节石纲（如竹节石）和软舌螺纲（如软舌螺）。

石鳖与宝贝

在海底世界里，有一种会给自己造“房子”的动物，它们能从自己的身体里分泌出石灰质，作为建筑材料来建造“房子”，用做自己的栖身之地，这些动物就是贝类。因为它们的身体柔软，所以归属于软体动物。它们建造的“房子”就是那些五光十色的贝壳。

石鳖属于多板纲中原始类型的贝类，它们的颜色和岩石一样，形状有点像陆地上的潮虫。别的贝类身体外面不是有一个就是有两个贝壳，而在石鳖的身体背面，却生长着覆瓦状排列的、由 8 个石灰质壳片形成的一组贝壳。在这些贝壳的周围，外套膜的表面还生有许多小鳞片、小针骨、角质毛等。因此，它的背部就像是一个全身披甲的武士，别的动物很难去侵犯它。

在海产的贝类中，有很多种具有非常美丽光泽的贝壳。无论是古代还是现代，人们都是非常喜爱它们的。在这些种类中，最有名的是宝贝。在古代还没有黄金、货币的时候，人们就是用这些宝贝的贝壳当作货币使用的。因此相传下来，一切有价值的、珍奇的东西就都称宝贝。

宝贝是生有一个贝壳的单壳贝类。大部分生活在热带和亚热带海洋里。宝贝的贝壳一般都近于卵圆形，壳面非常光滑，而且随着种类的不同,具有各种不同的花纹,非常好看,犹如人工制造出来的美术品。宝贝为什么那样光泽呢?

宝贝也和其他贝类一样,是靠爬行生活的。它在爬行的时候,头部和足部都从壳口伸出来。除了头部和足部以外,宝贝边缘的外套膜就从贝壳的腹面两侧向上把贝壳整个包被起来。这样,当宝贝活动的时候,贝壳总是被翻出来的外套膜所包围,外套膜能经常分泌珐琅质,使贝壳着上光泽。

牡蛎与鲍鱼

牡蛎又叫蚝、蛎黄、海蛎子。它的肉很好吃,营养价值很高,所以人们不但采捕自然生长的种类,而且还想方设法对某些种类进行人工养殖。牡蛎贝壳的形状因种类而不同,即便是同一种,由于附着的岩石形状不同,也常常有很大差异。

鲍鱼的肉也好吃,是名贵的海产食品。它不是鱼,而是一种爬附在浅海低潮线以下岩石上的单壳类软体动物。在鲍鱼的身体外边,包着一个厚的石灰质的贝壳,这是一个右旋的螺形贝壳,呈耳状,它的拉丁文学名按字义翻译可以叫作"海耳",就是因为它的贝壳的形状像耳朵的缘故。鲍鱼的足部特别肥厚,分为上下两部分。上足生有许多触角和小丘,用来感觉外界的情况;下足伸展时呈椭圆形,腹面平,适于附着和爬行。我们吃鲍鱼主要就是吃它足部的肌肉。

乌贼与章鱼

海里有一种能够吐墨的动物叫乌贼。因为它能吐墨,所以也叫墨鱼。要说乌贼也是贝类,这就很难使人相信了。事实上,乌贼的确属于贝类。它是头足纲的重要代表。头足纲的软体动物与别的贝类相比有很多不同的地方,这主要是由它们的生活方式所决定的。一些贝类,除了扇贝、日月贝等极少种类能够利用贝壳的开合做很短距离的游泳以外,一般都没有游泳的能力。它们不是附着在岩石上、钻入杂草或泥沙里不动,就是在岩石上、沙滩上或水草上缓慢地爬行。乌贼可就完全不同了,它不但能够像鱼类一样长期地在海里游泳,而且游泳的速度还非常快,有人称它为"海里的火箭”，比喻是非常恰当的。

章鱼跟乌贼一样，也是属于头足类的动物，因为它的脚也是生在头顶上的。不过它只有八只脚，而没有像乌贼那样专门用来捕捉食物的捉脚。它的八只脚很长，好像八条带子，所以渔民们都把它叫作“八带鱼”。章鱼也是很凶猛的动物。在它的脚上长有吸着力很强的大吸盘。如果我们捉到一个小章鱼，把它拿在手里，它马上就会用吸盘吸住我们的手，要想把它取下来还很费力呢！

章鱼的身体里面也有墨囊，而且所含的墨汁也是含有毒素的，不但可以用来防御敌人，而且还可以用来进攻敌人。一件很有趣的事实是，章鱼在休息的时候，并不是全身一齐休息，而是留有一条或两条长脚值班，不停地转动。尽管它的身体和其他的脚感觉都比较迟钝了，但是，如果轻微地触动到它的值班脚，章鱼就会立刻跳起来，并释放出浓厚的墨汁，把自己隐藏起来。

因为章鱼具有强有力的脚和吸盘，又有很好的防御工具，所以在海洋里和它相同大小的动物都会受到它的侵害。就连最大的、装备最好的螯虾，身体的大小虽然和章鱼差不多，但也难免要成为它的牺牲品。

海兔与鹦鹉螺

从外表看，海兔的体形确实像一只兔子，所以它就获得了这个名称。海兔的头部有两对触角，前边的一对较短，是专司触觉的器官；后边的一对较长，是专司嗅觉的器官。在海兔爬行时，后边的一对触角向前及两侧伸展；在休息时，则直向上伸展，恰似兔子的两只耳朵。海兔的贝壳很不发达，是一个薄而透明、仅具一层角质层而且没有螺旋的贝壳。这个贝壳完全覆盖在外套膜之下，从外表根本看不到。

海兔是在浅海生活的贝类，喜欢生活在海水清澈、潮流较通畅的海湾，在低潮线附近的海藻间最多。它们以各种海藻为食，体色和花纹与栖息环境中的海藻极为相似，这样就可以很好地隐蔽起来，使敌人不能发现。特别是海兔对它周围环境的颜色有很好的适应能力。当它食用某种海藻之后，不久就能很快地改变为这种海藻的颜色。例如，有一种海兔，小的时候以红藻为食，体色为玫瑰红色;大的时候,以海带为食的体色变为褐色,以墨角藻为食的体色变为棕绿色。

鹦鹉螺属于头足纲。古老的头足类也都像鹦鹉螺一样,有不同形状的贝壳。但到现在它们大多已经灭绝,唯一剩下的只有在海底生活的鹦鹉螺了。所以鹦鹉螺是一种“活化石”,属于国家保护动物,很久以来便是动物进化系统研究中的很有价值的材料之一。

鹦鹉螺是一种底栖性的动物,平时在海底爬行,偶然也漂浮在海中游泳。它的游泳方式跟乌贼相仿,是利用它的两片互相包裹的漏斗喷水进行的。鹦鹉螺的触手数目很多,一共有 90 个。其中有两个合在一起变得很肥厚,当肉体缩到贝壳里的时候,用它盖住壳口。世界上生活的鹦鹉螺数量不多。它们的贝壳很好看,珍珠层很厚,可供玩赏或制造工艺品。

节肢动物的兴旺发达

节肢动物因出现分节的附肢而得名。是动物界种类和数量最多的一门,是无脊椎动物中最为兴旺发达的一类。一般认为节肢动物起源于环节动物或类似环节动物的祖先,故环节动物的一些基本结构多见于节肢动物。可是节肢动物还有许多比环节动物复杂的结构。环节动物的祖先进化成为类似三叶虫状的原始节肢动物,再由其分两支,一支进化为甲壳纲、多足纲和昆虫纲,另一支进化为肢口纲和蛛形纲。节肢动物门是最大的一门,其外骨骼可以形成化石。从距今约 7 亿～10 亿年前的地层中就已发现了节肢动物化石,从早寒武纪开始大量出现。

节肢动物整个身体分成一线排列的头、胸、腹三部分。形态的分化与机能的分工是统一的,节肢动物身体前端集中了感觉器官和摄食器官,分化形成明显的头部。胸部的附肢和外骨骼特化形成保护、运动和支持的器官,使胸部成为机体的运动中心。腹部是司消化、生殖、呼吸的主要部位。由于头、胸、腹及其各部附属器官不同程度地分化，使节肢动物感觉灵敏，运动灵活，种类繁盛。节肢动物的每个体节一般都有一对分节且具有关节的附肢——节肢。节肢适应于不同的功能而分化成不同的形状。循环系统包括心脏和少数的血管，有血腔，行开管式循环。

节肢动物分为三个亚门七个纲。

有鳃亚门，大部分水生，少部分陆生，用鳃呼吸。包括三叶虫纲和甲壳纲。三叶虫纲已灭绝。甲壳纲多数水生，也有少数种类营陆栖、共栖或寄生生活。常见的甲壳类除虾、蟹外，还有其他节肢动物三万余种，分布广泛，栖息于海洋、湖泊、江河和池沼。

有螯亚门，大部分陆生，少数水生。包括肢口纲和蛛形纲。肢口纲有两个目：广鳍目和剑尾目。广鳍目栖于淡水水域或海洋中，或水陆两栖。典型的动物是板足鲎。剑尾目。为海产、底栖，大多数种已灭绝，现存的都被称为活化石，常见种为中国鲎。蛛形纲包括常见的蜘蛛、蝎子等。

有气管亚门，大部分陆生，少数水生。包括原气管纲、多足纲和昆虫纲。原气管纲的形体蠕虫状，分头部和躯干部，分节不明显。附肢有爪但不分节。如栉蚕。主要分布在热带及亚热带的雨林地区，隐藏在石下、树桩下等潮湿土壤中。多足纲动物体分头及躯干两部分。头部有触角一对，单眼数个。躯干部扁而长或圆柱形，由多数环节合成；每一环节有足一对（蜈蚣）或两对（马陆）。昆虫纲是种类最多的纲。昆虫是世界上最繁盛的动物，已发现八十多万种，比所有别种动物加起来都多。

前寒武纪出现了棘皮动物

棘皮动物是一种高级的无脊椎动物。一般认为，棘皮动物起源于具有两侧对称的祖先。其起源过程是这样的：由双胚层动物向三胚层动物发展，出现了两种进化方式，一种是节肢动物式的，另一种是棘皮动物式的。在棘皮动物进化的一支上，棘皮动物是一个特化了的旁支，主干是脊索动物，尤其是发展到脊椎动物，就成了动物系统发育主干中的主干。棘皮动物有由中胚层产生的内骨骼，埋在外胚层的表皮下面，常向外突出成棘，这和高等动物骨骼的发生相似。由于棘皮动物与脊索动物有很多的相似之处，一般认为脊索动物是从棘皮动物进化来的。棘皮动物显然有一个极长的进化历史，因为早在早古生代初期，大量结构复杂的棘皮动物已经出现，这足以证明棘皮动物起源的时间应该在寒武纪之前。到了寒武纪早期开始的时候，就陆续有棘皮动物一些类别开始出现，到了奥陶纪中期至晚期，棘皮动物的所有其他类别全部出现了。在那以后直到今天的漫长岁月里，再也没有发现新的棘皮动物纲。因而，棘皮动物的多数纲在古生代结束的时候都灭绝了，只有少数的纲进入了中生代并繁衍到现代。

几乎在任何一个海岸，你都可以看到海星和它们的近亲，如阳燧足、海胆、海参等。这些动物都属于棘皮动物，生存在地球上已有5亿多年了。由于该门大多数动物的皮上有棘状突起，所以称为棘皮动物。

虽然地球上的棘皮动物有将近6000种，比哺乳动物还多了2000多种，但因它们栖息在海洋中，所以大部分人对棘皮动物并不十分熟悉。

棘皮动物在形象上比较原始，身体呈辐射对称，分不清头在哪里，尾在何处，哪一侧算左，哪一侧是右。棘皮动物分布很广，从潮间带到万米深海中均有。它们有的匍匐海底，有的穴居在泥沙中，有的钻石而栖，有的附着在岩石上。它们分布于不同深度与底质的海洋中，但以沙底岩石下或珊瑚礁的海底为多；热带和温带海水中比寒带海水中的种类多。

栖息于礁盘中五花八门的棘皮动物种类繁多，有鲜红色的长棘海星、体型硕大的面包海星，还有那美丽的壳形海胆，体呈紫红色，花瓣似的棘上长有美丽的花纹，其棘粗壮且颜色变异很大。

多数种类成体是在海底缓慢移行或附着生活的，有集群而居的习性，随着食料和繁殖季节的变化，它们常成群地从一个地方迁到另一个地方。一般都将棘皮动物分成五个纲，即海百合纲、海参纲、海星纲、海胆纲和蛇尾纲。

最古老的脊椎动物——鱼类

ZUIGULAODEJIZHUIDONGWU——YULEI

脊椎动物的共同祖先是原始无头类，逐渐演化为原始有头类，出现了头部和脊柱。原始有头类又分化成两支：一支为无颌类，包括古生代的甲胄鱼和现代圆口纲的盲鳗、七鳃鳗；一支为有颌类，这是鱼类的祖先。

鱼类可分成四个亚纲，即棘鱼亚纲、盾皮鱼亚纲、软骨鱼亚纲和硬骨鱼亚纲。棘鱼和盾皮鱼代表原始鱼类。棘鱼出现在早志留纪，灭绝于早二叠纪。最早的原始有颌鱼是盾皮鱼类，出现于志留纪，兴盛于泥盆纪。在志留纪及泥盆纪除盾皮鱼类外，还分化出原始软骨鱼，如裂口鲨，是现代鲨鱼的祖先，后分化出现代软骨鱼中的全头亚纲（银鲛）和板鳃亚纲（鲨和鳐）。

由古软骨鱼类演化成原始硬骨鱼，如棘鱼类，认为是现代硬骨鱼类的祖先。其分化成两支，一支为辐鳍亚纲的鱼类，一支为肺鱼亚纲和总鳍亚纲的鱼类。古代辐鳍亚纲的鱼类以古鳕总目的鱼类为代表，从古鳕总目演化为硬鳞总目、多鳍总目和全骨总目。再从古全骨总目分化出真骨鱼类，进化成现代硬骨鱼。全骨鱼类在距今 2.5 亿～1 亿年间曾一度鼎盛，后逐渐衰落。真骨鱼类从距今 1 亿多年前开始兴起，演化出许多分支，成为现代地球水域的主角。4 亿年前，硬骨鱼类中的总鳍鱼类和肺鱼类开始出现并迅速繁荣，总鳍鱼类也是最早登上陆地的动物。3 亿年前，总鳍鱼类开始衰落，至今仅在东非海岸有少数残存，被称为鱼类的“活化石”。

向脊索方向进化

在分类学上，脊椎动物是脊索动物中的一个亚门。由于脊椎动物之外的脊索动物只占极少数，因此习惯上统称为脊椎动物。但要了解脊椎动物的发展史，还得从脊索动物谈起。脊索动物是动物界最高等的一类，也是种类相当丰富的一个门。它包括低等的脊索动物如现代海洋中的文昌鱼、海鞘等以及较高等的脊索动物如鱼、蛙、龟、鸟、牛、猿猴、人类等。脊索动物最主要的特点是具有脊索。脊索是一条具有弹性而不分节的白色轴索，起源于内胚层，起支持身体的中轴作用。高等动物的脊索只在胚胎期存在，胚胎期后由周围结缔组织硬化而成的脊椎所代替。由于棘皮动物与脊索动物有很多的相似之处，不少学者认为，脊索动物是从棘皮动物进化来的。世界上最早的脊索动物发现于我国云南省昆明海口澄江动物群，其早寒武纪脊索动物的化石标本在海口华夏鱼、中新鱼出现的时间距今为5.5亿年。

世界上最古老的脊索动物——“云南虫”

脊索动物在脊索的背侧有中枢神经系统，是中空的神经管，起源于外胚层，大多数脊索动物的神经管前部扩大成脑。在脊索的腹侧有消化道，它的前端两侧有左右成排的小孔与外界沟通，这些小孔称为鳃裂。水中生活的脊索动物终身保留鳃裂，陆地脊索动物仅在胚胎期具有鳃裂，后来发展成肺呼吸。

脊索动物门中的动物，根据其脊索、神经管鳃裂的特点以及形态特征，可分为四个亚门：半索亚门、尾索亚门、头索亚门和脊椎亚门。这四个亚门中仅有脊椎亚门是进化的主干，其余三个亚门是在向脊索进化途中生出的旁支。半索亚门，又称口索动物，身体分为吻、颈和躯干三个部分，在吻部有一段类似脊索的构造。单凭着这一小段“类脊索”便能判断它是由无脊索向有脊索转变的一种过渡型动物。这类动物全部是海生，现在还活着的动物代表有柱头虫，化石代表有笔石。

尾索亚门，幼体呈蝌蚪状，尾部有脊索，但成年后尾巴消失，钻进沙土里底栖生活，属海生单体。这类动物比半索动物在脊索的长度上进化了一些，据此推测它是由半索动物的祖先分化出来的，可它的倒退比半索动物还大，已不会游泳，不能主动地觅食，只斜插在沙滩中，等食物自动送上门来。海边渔民和海滨游泳池出售的海鞘，就是尾索动物的代表。

头索亚门，身体似鱼但无真正的头，终身都有一条纵贯全身的脊索，背侧有神经管，咽部具许多条鳃裂。比起半索、尾索动物来，头索动物要算相当进步的了，它的代表动物是文昌鱼。

半索、尾索和头索动物，尽管都算脊索动物门，但都是低级的，连头都没有，故统统称为原索动物或称为无头类，它们也是动物进化中的侧支，真正代表进化方向的还是脊椎动物亚门。

笔　石

笔石是已经灭绝了的群体海生动物，由于它的化石印迹像描绘在岩石层面上的象形文字，故称此名。笔石动物是古无脊椎动物，过去视作腔肠动物，现在作为口索动物的一纲。笔石体由胎管和胞管组成。胎管是一个圆锥体，为笔石虫初从卵孵出时的原始房室。其后从胎管芽生胞管作为住室，发育成群体。保存成化石的一般是胞管的几丁质外壳。一般生活在平静的海洋里，多数为漂浮生活，有些靠附着生活。笔石演化快，分布广，是划分和对比地层的重要化石之一。笔石动物可以与腕足动物、三叶虫等动物的化石共生。但是也有一些特定的环境里只有漂浮笔石而没有其他生物或是仅有极少的浮游生物伴生。

笔石纲通常分为6目：树形笔石目、管笔石目、腔笔石目、甲壳笔石目、茎笔石目和正笔石目。其中最常见的和研究较详细的是树形笔石目和正笔石目。树形笔石目，笔石体呈树枝状，分枝规则或不规则，枝间有时有横靶或交结相联。正笔石目营漂浮生活，笔石体有的具有浮胞。

笔石化石全世界均有发现，其地史分布自中寒武纪至早石炭纪，其中的正笔石在奥陶纪、志留纪达到极盛，且演化迅速，分布地广，灭绝也快，成为这种两个纪的标准化石之一。笔石群体的外形粗，看起来像松折枝的化石，即使是专家，稍不留神也会认为是苔藓动物。确认笔石是半索动物，也还是近几十年才明确的。

鱼类的祖先——文昌鱼

文昌鱼是一种动物珍宝。据科学家研究，它早在 5 亿多年前就出现，至今仍保持着古代的特性及原始性状。这为研究鱼类的起源和无脊椎动物进化历史，提供了活的证据。

说起文昌鱼来很有意思，它全身无骨，体长 2～5 厘米，生活在浅海地区，因最初是在我国海南省文昌县的沿海一带发现的，故称此名。文昌鱼是比鱼类低等的动物，其生理构造甚为奇特，它和一般鱼儿不同，没有鱼类常有的鳍，它的鳍只有一层皮膜，虽然也用鳃呼吸，但鳃却被皮肤和肌肉包裹起来，形成了特殊的围鳃腔。它没有鳞，没有分化的头、眼、耳、鼻等感觉器官，也没有专门的消化系统，只有一个能跳动的、内有无色血液的腹血管和一条承接口腔及肛门的直肠。因此，文昌鱼属无脊椎动物进化至脊椎动物的过渡类型，有人称之为“鱼类的祖先”。

文昌鱼生长于潮汐不大、沙滩较大、风平浪静的内海浅湾。幼鱼生活在泥、沙交界的细沙中。文昌鱼经常随着潮水游到江河汇合的浅海海底，几乎没有自卫能力，却有惊人的钻土本领，一般可生活 3～4 年。文昌鱼因为无鳍，不能游到远海去觅食，又光溜溜、半透明的，因难以自卫，只好钻沙，寻觅沉淀在沙里的食物。就是钻沙也钻不深，只在沙的表层。晚上它也会离开沙底，垂直游到水面，寻找海藻等东西吃。文昌鱼没有胸鳍和腹鳍，只有背鳍、尾鳍和臀鳍。白天它躲在海底泥沙中，露出半个身子，摇摇摆摆，依靠水流带来的浮游生物作食饵，晚上出来活动。它垂直游泳，有时会像脱弓的羽箭射到水面上，它会用触须帮助摄取海水中微小的浮游生物。

文昌鱼数量最多的地方是在福建省沿海一带，渔民们经常捕食，其捕捉的方法也很特别，根据它遇惊而喜钻沙的特点，先趟水走几次，然后把沙子挖起堆成堆，再盛一桶(盆)海水，用瓢舀起一瓢沙，在桶中慢慢澄，沙落鱼出，多的时候，一瓢中能澄出半瓢鱼来。拿回家里用鸡蛋裹上下油锅一炸，其味鲜美无比，又无骨刺鲠喉，常是渔家用来招待客人的佳肴。可惜现在已不多见了，随着沿海工业的发展，近海污染严重，文昌鱼也几乎不见踪迹了。

文昌鱼严格地讲还不能算是鱼，它是一种珍稀小型暖水性底栖动物，还没有鱼类所具有的脊椎，仅有一条脊索，是无脊椎动物向脊椎动物进化的过渡种类，可以说是最原始的鱼。文昌鱼被认为是脊椎动物的祖先，素有“活化石”之称，是研究脊椎动物进化和系统发育的理想材料，在学术上有很高的研究价值。目前，地球上这种过渡种类极少，文昌鱼是科学家们研究脊椎动物以及鱼类起源的好材料，所以受到科学家们的青睐。

甲胄鱼的出现

当三叶虫和水蝎都死绝时，发生了一件极其重要的事。在那淡水溪流的泥底里，已经出现了一种动物，未来是属于它们的。这种动物身体小而扁，行动很迟钝。它吃东西的唯一方法就是吸，靠从泥巴里吸取有机物为生。因为它没有牙床，嘴巴窄得像一条缝。可是它们有另外两件重要的东西：盔甲和头脑。科学家把它们叫做甲胄鱼，意思是说，它们戴盔披甲。它们是原始的脊椎动物，身体的前部长着骨板，其余的部分都长着鳞。甲胄鱼的全身甲胄是一层硬的骨板，能起到保护身体的作用。不过正是因为这样的全身披甲，给生活带来了很多不便，行动既缓慢又笨拙。如此落后的生活方式致使甲胄鱼在泥盆纪末期几乎全部绝灭。

英格兰志留纪中期的沉积物中发现了更完整的早期脊椎动物

化石，它们代表了一些样子像鱼的非常原始的脊椎动物：身体细长呈管状；没有上下颌，只在身体的前端有一个吸盘状的口；眼睛后面、头部两侧各有一排圆形的鳃孔；具有分成上下两叶的尾鳍，下叶较长、上叶较短而高，这样的尾巴类型叫做歪尾型。这种动物与现代仍然生活在海洋中的七鳃鳗有很多的相似之处，它们被分别命名为莫氏鱼和花鳞鱼。

到了泥盆纪时，这一大类早期的脊椎动物达到了繁盛时期，各种各样的无颌鱼形脊椎动物的化石在世界各地都有发现。它们没有上下颌骨，作为取食器官的口不能有效地张合，只能靠吮吸甚至仅靠水的自然流动将食物送进嘴里食用；因此，它们被称做无颌类。此外，它们没有真正的偶鳍，中轴骨骼还只是软骨质而不是真正的骨质（即硬骨质）。有代表性的无颌类身体前部的体表具有骨板或鳞甲，彼此相连就像古代武士的铠甲一样起着保护身体的作用，因此一般又将它们称为甲胄鱼类。

不同类群的无颌类彼此之间仍有相当大的差异。很可能，这些不同类群在其有化石记录的时代之前，已经各自经历了长期的进化过程。根据这些差异，可以把包括现代类型在内的所有无颌类分为以下两个亚纲和几个目：

单鼻孔亚纲：特点是具有单一的鼻孔、较多的鳃孔和骨质的头盾（即头部的骨质甲胄）。包括四个目，即头甲鱼目、盔甲鱼目、缺甲鱼目和圆口目。圆口目是包括七鳃鳗在内的现代无颌类动物。甲胄鱼是头甲鱼目的典型代表。头甲鱼的身体可长达0.5米，腹部很平，背部凸起，尾巴上翘，头上盖着坚固的骨板，眼睛长在头顶上。头甲鱼的头顶中间和头甲周围有一道深沟，是神经集中的地方。

双鼻孔亚纲：特点是具有一对内鼻孔，外鼻孔不存在；形态多样，甲片复杂。包括三个目，即鳍甲鱼目、盾鳞鱼目和多鳃鱼目。多鳃鱼目是中国特有的无颌类，主要发现于云南曲靖、武定等地。它们不仅有一对内鼻孔，而且有在头甲鱼类中尚未出现的硬骨质的脊椎骨；不过，它们的硬骨质脊椎骨像七鳃鳗一样还只是雏形，仅有竖立在脊索上侧的小骨片而没有其他成分。

甲胄鱼其实还算不上是真正的鱼，不过同时期的真正的鱼类也有全身披甲的，不同的是，那些原始的鱼类有了颌和偶鳍。为了把真正的鱼类和古老的无颌类——甲胄鱼区分开，所以把那些真正的鱼类称为“盾皮鱼类”。甲胄鱼是比鱼类低等的无颌类动物，它和现代海洋里的七鳃鳗同属一类。

甲胄鱼类在地质历史上的分布比较有限，仅延续到泥盆纪。它们可能起源于奥陶纪，由更早期的、还没有甲胄的祖先发展而来，莫氏鱼可能就是那些祖先类型的残余。甲胄鱼类在泥盆纪时发展成为适应于各种水生生态环境和具有各种生活习性的一大类群动物，可谓取得了暂时的成功。

当许多沿着不同进化路线迅速发展起来的更为进步的有颌类脊椎动物从泥盆纪开始逐渐兴起之后，无颌的甲胄鱼类最终在生存竞争中失败了。到了泥盆纪末期，除了少数适应于某种特殊的生活方式的残余种类之外，绝大多数甲胄鱼类退出了历史舞台。

脊椎动物张开了“血盆大口”

在距今约 4.3 亿年前的志留纪早期，由原始的无颌类动物中分化出了有颌脊椎动物，包括盾皮鱼类、棘鱼类、软骨鱼类和硬骨鱼类。盾皮鱼类和棘鱼类是原始鱼类。上下颌的出现是生物进化史上的一次大革命。它大大提高了鱼类的取食和咀嚼功能，也因此增强了鱼类的生存竞争能力。棘鱼类是目前所知最早的脊椎动物，它的历史并不长，在志留纪早期出现后，经过大约 1.7 亿年的演化，于二叠纪早期灭绝。以恐鱼为代表的盾皮鱼类在泥盆纪时曾经盛极一时，但笨重的骨甲和不发达的偶鳍却使它行动不方便，因此，在泥盆纪后期，随着那些已经摆脱沉重骨甲束缚的硬骨鱼和软骨鱼的崛起，盾皮鱼逐渐衰退灭绝。

无颌类动物进化为有颌脊椎动物

生物的进化史上，发生过一些重大事件。这些重大事件的意义超过各种一般性事件的总和，具有革命的性质，深远地影响着后来的进化方向。脊椎动物登上历史舞台之后，第一次革命就是颌的出现。由较早期的动物向较晚期的动物进化的过程，实际上是通过其结构由一种功能向另一种功能转变来完成的。颌就是由一些原来执行的功能与取食并无关系的结构转变而来的。

恐鱼头骨化石及复原图

甲胄鱼类有大量的鳃，这些鳃由一系列的骨骼构造所支持，每一构造由数节骨头组成，形状像尖端指向后方的＞形。在脊椎动物进化的某一个早期阶段，原来前边的两对鳃弓消失了，第三对鳃弓上长出了牙齿，并在＞型的尖端处以关节结构铰合在一起。这样，能够张合自如，有效地咬啮食物的上下颌形成了，脊椎动物从此真正地张开了“血盆大口”。

一般认为盾皮鱼类是有颌类的远祖，其中出现最早的是棘鱼类，由它们进化成硬骨鱼类；盾皮鱼的另一支则进化成软骨鱼。软骨鱼和硬骨鱼都出现在泥盆纪，它们不断进化，最后取代了盾皮鱼类。

最原始的硬骨鱼类——棘鱼类

早在盾皮鱼类刚刚出现的志留纪晚期，硬骨鱼类中最原始的一支——棘鱼类也悄悄地登上了进化的舞台。

棘鱼类是一类古老的鱼类，长的样子像黄花鱼，个体也不大，上、下颌形成并出现，鳍也在特定部位产生，但它的鳍比较特殊，在鳍叶的前方有一根强壮的鳍刺，棘鱼的名字就来源于此。

志留纪晚期和泥盆纪早期的栅鱼可以作为早期棘鱼类的代

表。它们体长只有几十厘米，身体由前向后逐渐缩小，在末端向上翘起，形成歪尾；背部有两个三角形的大背鳍，每一个背鳍由皮质的膜构成，鳍的前缘由一个强大的骨质棘支撑；身体下部与后背鳍相对称的位置有一个大小相等、形状相似的臀鳍；臀鳍之前有一个腹鳍；头骨之后有一对胸鳍；胸鳍与腹鳍之间，沿着腹部两侧还有五对较小的鳍。这些较小的"额外的"鳍各有一根棘刺支撑于前缘，它们是棘鱼类的特征。棘鱼类生活在古生代中期和晚期的河流、湖泊和沼泽之中，在早泥盆纪发展到其进化的顶峰，从此以后它们衰退了。

有颌类的远祖——盾皮鱼类

穿着盔甲的鱼已经很奇特了，难道还有带着盾牌的鱼吗？同甲胄鱼一样，盾皮鱼的头部也被许多骨质的甲片包裹着，防备敌手的进攻。不仅如此，盾皮鱼的胸部也装备了甲片，躯体的后部覆盖着鳞片，浑身上下武装得严严实实，让"敌人"无从下口。带着这么多的装备游动，我们可以想象，盾皮鱼和甲胄鱼同属当时海洋中的"老爷车"一族，臃肿笨重，行动迟缓。不过同为"老爷车"，两者的内部结构却并不相同，盾皮鱼具有颌和偶鳍，因此是标准的鱼类。就好比最早出现的蒸汽机车，虽然样子和四轮马车差不多，速度也与马车在伯仲之间，但是毕竟使用的是蒸汽机驱动，而非畜力拉动。沿着这条崭新的"设计思路"走下去，鱼类将有一个光明的未来。

盾皮鱼类的优势使得它们在生存竞争中能够压倒甲胄鱼类，到了泥盆纪时发展成为种类繁多的类群。它们包括如下几个目：节颈鱼目、扁平鱼目、胴甲鱼目、硬鲛目、叶鳞鱼目、褶齿鱼目和古椎鱼目。在这些类群中，最繁盛的是节颈鱼类和胴甲鱼类。

节颈鱼类头部和躯干部被坚固的骨质甲片所包裹，两个部分的骨片自成系统，只用一对关节相连。上下颌骨的构造很特殊，吃东西时与一般的脊椎动物相反，下颌不动，上颌向上抬起，然后向下切割，像铡刀一样。这类鱼中有的在泥盆纪中期发展出巨大的类型，例如恐鱼，它可以捕食当时的任何一种鱼类，堪称原始海洋中的霸主。我国四川省江油市发现过与恐鱼相似的盾皮鱼头甲化石，这种鱼被称为江油鱼。

胴甲鱼类是较小的原始有颌类，一般体长只有30厘米左右。它们的头部、躯干部和胸鳍覆盖着由多块甲片组成的骨甲，躯干部的甲片特别发达，好像由一只骨片做成的匣子套在鱼体的外面。我国发现的胴甲鱼类化石相当多，特别是在云南省，除了最常见的沟鳞鱼外，还有武定鱼、云南鱼、滇鱼等。

盾皮鱼比无颌的甲胄鱼前进了一步，但笨重的"盔甲"是它致命的弱点。它虽然有了不太发达的偶鳍，取食不必等待水的流动，张嘴捕食可以随心所欲，但行动还是受到极大的限制，依然没有摆脱枷锁的束缚，它还是不能自如地在水中行动，只能过底栖生活(生活在水底)。盾皮鱼经历了一段全盛的发展时期，但在激烈的生存竞争中还是落伍了，它由志留纪晚期生活到泥盆纪，也有少数延续到石炭纪早期，最终全部退出了生命的舞台。

沟鳞鱼

沟鳞鱼是生活在泥盆纪沿海和河道口的一种盾皮鱼。头部和胸部的外面，套着一个和蟹壳有些相似的小壳。这个小壳是由许多块小骨板合成的，上面有弯曲的细沟。沟鳞鱼没有真正的鳍，仅在胸部长有一对套着硬壳的"翅膀"。有些沟鳞鱼化石还保留着软体部分的印模，科学家通过这些印模发现，它的食道两侧有一对与咽喉相通的气囊，很可能是具有呼吸功能的雏形的肺。这样的构造存早期的一些硬骨鱼类中也曾发现，因此科学家推测，肺在脊椎动物起源时就存在，只是在后来的一些鱼形脊椎动物中发生了次生性退化。

沟鳞鱼大概是习惯于河、湖的底栖动物，用钩状前肢沿水底活动。由于嘴部不发达，显然不是动作灵敏的食肉者。在欧洲、美洲和亚洲的泥盆纪地层中，都发现有沟鳞鱼的化石。中国的华南泥盆纪地层也富含沟鳞鱼化石。

恐　鱼

盾皮鱼类中最显赫的一族叫做恐鱼。在寒武纪早期的海洋中，曾经生活着身长两米的奇虾，长有两只巨大的前臂，在海洋中称王称霸。正所谓山中无老虎，猴子称大王，奇虾只能欺负寒武纪时期体型不大的软躯体动物，而泥盆纪晚期出现的恐鱼，单是它头胸甲的尺寸，就超过了奇虾的身材，成为继奇虾之后的海洋霸主。

恐鱼的下颌骨粗壮有力，边缘有一排宽锯齿，在上颌骨上也有一排齿状物与之对应，呈刀刃状，显然是作为撕咬之用。它的头胸甲可达1.7～2.2米，估计张开的大口，直径在半米至1米之间。如此规模的大口，如此锋利的“牙齿”，显然不是为了啃蛋糕，而是为了咬坚果而准备的。恐鱼的食物是什么呢？人们推测，当时的恐鱼一般在靠近水底的层位游弋，在淤泥或岩石上寻觅长着外壳的软体动物，比如现代螺类和贝类的先祖，这些动物的行动更加缓慢，往往依靠外壳保护自己。可惜碰到恐鱼就倒了大霉，恐鱼的上下颌一用力，这些精美的壳体便破碎开来，内部的软体被恐鱼吞进肚子，给恐鱼增加了蛋白质营养。

高等鱼类的兴起和发展

鱼类在脊椎动物中种数最多，分为软骨鱼类（如鲨）以及硬骨鱼类（如鲤、鲫、黄鱼、带鱼）。棘鱼类和盾皮鱼类曾相继统治海洋，但此后灭绝。在长期的历史演化中，低等的鱼类灭绝了，继而出现的是高等的鱼类——软骨鱼和硬骨鱼。软骨鱼类化石最早出见于约5.9亿年前的地层中。4亿年前，硬骨鱼类中的总鳍鱼类和肺鱼类开始出现并迅速繁荣，总鳍鱼类也是最早登上陆地的动物。3亿年前，总鳍鱼类开始衰落，至今仅在东非海岸有少数残存，被称为“活化石”。软骨硬鳞鱼类2亿多年前曾经非常繁盛，但现在只残存鲟鱼一个类型。

高等鱼类的出现

生命起源于原始海洋，最早的脊椎动物也是在水域中诞生。甲胄鱼类和盾皮鱼类都曾在地球的水域中繁盛一时，但是很快地，它们就退出了历史舞台。促使它们灭绝的因素是多方面的，但其主要原因可能是早期的高等鱼类的兴起和发展。

一般认为，软骨鱼类和硬骨鱼类都是由盾皮鱼演化来的。有一种盾皮鱼又向前发展了一大步，变成了差不多是真正的鱼类。它们有一根真正的脊梁骨，一副支持全身肌肉的骨骼；它们有腭，嘴巴可以开合；它们有鳍，还有个强有力的尾巴；它们全身成为流线型，身体也增大了。这副新的装备，给了这种鱼两件重要的东西：自由和保护。它们不再待在池塘底下的淤泥里，可以到处游来游去，看到什么可吃的东西就张口吞下去。它们身体的形状便于在水里行动，靠着鳍和尾巴可以更快地避开敌人。它们虽然失去了甲胄鱼的那副盔甲，可是比甲胄鱼更加安全了。这些新出来的鱼不断地得到发展，一直到水里到处都有它们的子子孙孙。那时候，鱼的种类真多，彼此又长得很不一样。所以在以后的这个 5000 万年，可以叫做鱼的世纪。在鱼的世纪里有两类重要的鱼。一类是鲨鱼和它的近亲，它们的骨骼都是软的，这是软骨鱼。另外一类就是硬骨鱼，它们的骨骼都是硬的。生活在淡水中的硬骨鱼，大半长出了肺。

软骨鱼

高等鱼类，也就是我们每一个人日常概念中所谓的鱼类，其适应水生生活的能力是如此地完善，使得地球各个水域中都能发现它们的存在。海阔凭鱼跃这一成语真真切切地将它们在进化上的成功表达得淋漓至尽。

高等鱼类的进步

典型的高等鱼类都是流线型身体，这一点与许多善于游泳的原始鱼形动物并无太大差别。所不同的是，它们发展出了一套后者从来没有过的完善的运动器官——鳍。

典型的高等鱼类有一个大而有力的尾鳍，尾鳍来回摆动在水中引起反作用力，从而推动身体前进。背部有一～两个背鳍，腹面一般还有一个臀鳍，均为平衡器，当鱼游动时防止滚动和侧滑。偶鳍包括位于前方的一对胸鳍和一对位置或前或后的腹鳍。在进步的鱼类中，这些偶鳍非常灵活，起到水平翼或升降舵的作用，有助于鱼在水中上下运动，可以起方向舵的作用，使鱼能够急转弯，还可以作为制动器使鱼能够急停。有了奇鳍和偶鳍的配合，鱼类就能够完善地适应在水中的活跃的生活方式。

在高等鱼类的诸多进步性状中，有一项解剖结构的革新意义是非常重要的。在鱼类进化的初期，颌骨后面的第一对鳃弓特化为舌弓，上面的骨头特化为起支撑或连接作用的舌颌骨，将颌骨与颅骨（包裹和保护脑子的骨骼）连接起来。舌颌骨在鱼类的进化和由鱼类发展为陆生脊椎动物的过程中都发挥了重要作用。由于舌颌骨一端与头骨后部（即颅骨）相连接而另一端与颌骨相连接，原来位于头骨与舌弓之间的鳃裂就大为缩小，在较原始的鱼类中它变成了喷水孔，在高度进步的鱼类中它完全消失。

软骨鱼类的进化

软骨鱼类的进化分为鳃类和全头类两个方向，且两者早就各自分别地发展。一般将板鳃类的历史分为三个阶段：原始的裂口鲨阶段主要在泥盆纪，延续到晚古生代；弓鲛阶段约始自早石炭纪到三叠纪；近世阶段自侏罗纪始直到现在，发展出后来的鲨类及其亲族。然而三阶段并不是衔接的直接关系。软骨鱼类的第二条进化路线以全头类为代表。这可从现代的银鲛类经由中生代的多棘鲛类追溯到颊甲鲛类。它们几乎全是底栖的，具有替换缓慢的齿板，基本以带壳食物为食，用齿板研磨。全头类于石炭纪达到极盛期，侵占了原来被盾皮鱼类占据的环境，并取而代之。

软骨鱼类形态

软骨鱼类是鱼类中最低等的类群，绝大多数在海洋中生活，但它们的祖先却起源于淡水生活。鲨鱼和鳐鱼是现代软骨鱼类动物的主要代表，正像它们的名字所表明的，它们有一副由软骨组成的骨架。软骨是一种充满钙时变硬的柔韧的材料，是像骨一样的固体。软骨鱼在温带和热带海洋中大量生长。它们在水中用鳃呼吸。鳃通过头部后面的几个鳃裂直接同外界交流。软骨鱼大约有550种，其中370种是鲨鱼，其他基本上由身体扁平的鳐鱼和电鳐组成。

软骨鱼类一直是很成功的脊椎动物，虽然它们的种属从来不很多，但是所发展出来的类型，对其环境总是能够异常完善地适应。从泥盆纪到现代，它们一直生活在世界的各个海洋中(极少数在淡水水域)，成功地控制着它们的对抗者，甚至压制着与它们生活在同一生态环境中的更高级的动物类群。

令人生畏的海洋杀手

现代海洋中大概有十多种鲨鱼对人类构成一定的威胁，它们是令人生畏的海洋杀手。全世界大约有520多种鲨鱼。从寒冷的北极到炎热的赤道，世界各地的大洋中都生活着鲨鱼。鲨鱼的生长速度很慢，能活20～30年。

大多数鲨鱼的嘴巴长在头部的腹位，有着非常尖利的牙齿。鲨鱼的听觉极其灵敏，可以捕捉到水中哪怕非常微弱的低频声波。此外，鲨鱼的嗅觉也十分发达，有“游泳者之鼻”之称。一旦受到外界刺激，鲨鱼会表现出一种近乎捕食狂的举动，它们猛烈地搅动海水，用最快的速度蹿出水面，突袭目标。鲨鱼最常用的攻击方式是对猎物咬一口就跑，然后又回头紧追不舍，直至得到美餐为止。

鲨鱼的生命力极强，据说有人把捕获的鲨鱼开膛破肚后，再把它扔回海里，不料它竟会游上来撕扯绑在船侧的鲸鱼。即使你把它钩住，用鱼叉叉口，把许多子弹打进它的身体，拉到船上以后，它仍然摇头摆尾地把船上的东西打得乱七八糟。更令人不可思议的是：一个被切下来的鲨鱼头，居然能够咬掉了一个靠近它的水手的手指。真有股杀身之仇不报死不瞑目的劲头。

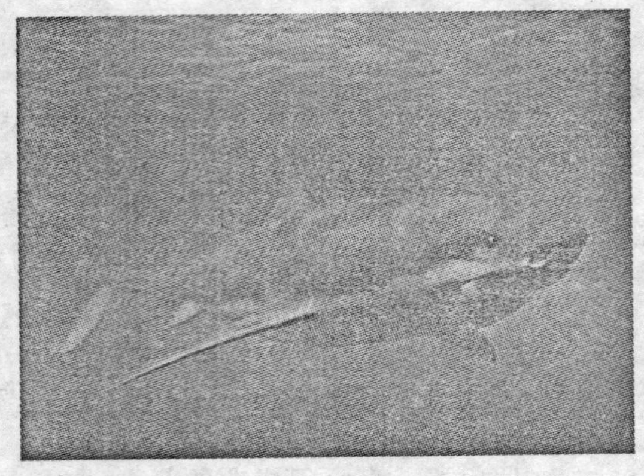
鲨 鱼

鲨鱼全身上下覆盖着尖利的盾鳞，这些鳞片隆起且又粗糙。整条鲨鱼就像一把粗锉，哪怕是被它的大尾巴打上一下，其致命的程度，几乎不亚于被它咬上一口。鲨鱼在咬人前，往往先斜冲过来撞你一下，只这一下，就能把游泳者的皮肤撕烂。

鲨鱼最精良的武器就是它的牙齿，一排一排稀稀疏疏地排列着，前一排折裂或磨坏以后，后一排的备用牙齿就慢慢移上前来代替。鲨鱼一口咬下去，就是一个清清楚楚的新月形印子，有时会切断人的主动脉。所以许多遇害者往往还没来得及被救上岸就会因失血过多而死亡。

硬骨鱼类——真正的水域征服者

在泥盆纪中期，一些更为进步的硬骨鱼类出现了。在自身的骨骼坚硬起来的同时，硬骨鱼类凭借鳔的优势，迅速占据了海洋中的各个角落，并挺进陆地内部，在河流、湖泊的水底倒映下自己的身影。同早期的鱼形动物相比，此时的鱼类身手要矫健许多。硬骨鱼种类繁多，形态、大小千差万别，适应性更是“八仙过海，各显神通”。它们的进化史波澜壮阔，各个时代的各群“明星”粉墨登场，将一部进化史诗表演得像涨潮的大海，一浪高过一浪。

硬骨鱼类的进化

硬骨鱼类具有高度进步的骨化了的骨骼。头骨在外层由数量很多的骨片衔接拼成一整幅复杂的图式，覆盖着头的顶部和侧面，并向后覆盖在鳃上。鳃弓由一系列以关节相连的骨链组成；整个鳃部又被一单块的骨片——鳃盖骨所覆盖，因此硬骨鱼在鳃盖骨后部活动的边缘形成鳃的单个水流出口。硬骨鱼的喷水孔大为缩小，有的甚至消失了。大多数硬骨鱼由舌颌骨将颌骨与颅骨以舌接型的连接方式相关连。

脊椎骨有一个线轴形的中心骨体，称为椎体；椎体互相关连成一条支持身体的能动的主干。椎体向上伸出棘刺，称为髓棘，尾部的椎体还向下伸出棘刺，称为脉棘；在胸部则由椎体的两侧与肋骨相关连。有一个复合的肩带，通常与头骨相连接，胸鳍也与肩带相关节。所有的鳍内部均有硬骨质的鳍条支持。

体外覆盖的鳞片完全骨化。原始硬骨鱼类的鳞厚重，通常呈菱形，可分为两种类型：一种是以早期的肺鱼和总鳍鱼为代表的齿鳞；另一种是以早期的辐鳍鱼类为代表的硬鳞。随着硬骨鱼类的进化发展，鳞片的厚度逐渐减薄，最后，进步的硬骨鱼仅有一薄层骨质鳞片。原始的硬骨鱼类有肺，但大多数硬骨鱼的肺已经转化成有助于控制浮力的鳔。硬骨鱼类的眼睛通常较大，在其生活中起着重要作用；嗅觉的作用退为次要。

从总体上说，地球上所有生活在水里的动物没有任何一类取得了像硬骨鱼类这样的成功进化。硬骨鱼类已经占据了地球上所有水域中的各种生态位，从小的溪流到大的河流、从大陆深处的小小池塘到各类湖泊、从浅浅的海湾到浩瀚大洋中各种深度的水域，到处都有硬骨鱼类在漫游。硬骨鱼类各个物种之间体型大小上的差别也很悬殊，有些小鱼永远长不到 1 厘米以上，而鲔鱼可以长得非常巨大。硬骨鱼类身体的形状和生态适应类型也是千差万别，各有千秋。而且，硬骨鱼类无论是物种数量还是个体数量都远远超过许多其他脊椎动物的总和。因此，硬骨鱼类才是地球上真正的水域征服者。

辐鳍鱼类和肉鳍鱼类

硬骨鱼类最早出现于泥盆纪中期的淡水沉积物中。之后，它们分化为走向不同进化道路的两大类：辐鳍鱼类（亚纲）和肉鳍鱼类（亚纲）。肉鳍亚纲包括肺鱼类和总鳍鱼类，它们在鱼类适应于水中生活的进化史上是一个旁支，但是在整个脊椎动物的进化史上却起着承上启下的关键性作用。后来出现的四足类脊椎动物，就是从肉鳍鱼类中演化出来的。目前仅存一目两种，即矛尾鱼，是鱼类中的活化石。

辐鳍鱼类则是鱼类自身演化道路上的主干，是地球水域的真正征服者。辐鳍鱼类是当今最为繁盛的脊椎动物。由于每年都有不少新的属种发现，而且还有难以估量的未知种类，如生活在热带淡水水域和深海海域的鱼类。因此，谁也无法准确统计出世界上到底有多少种辐鳍鱼类。

辐鳍鱼类除了属种众多的特点，在形态、栖息地及生活习性等方面，都表现出了极大的多样性。鱼类的体形可以从线形到球形，色彩从平淡无奇到艳丽无比，运动姿势从优美动人到丑陋怪异。鱼类的栖息地几乎包括了所有能够想象得到的水域环境，从海拔5000米以上的青藏高原湖泊到7000米以下的大洋深处，从淡水到含盐量达10%的卤水，从冰天雪地的南极到水温达44℃的温泉。辐鳍鱼类的生活习性也是千奇百怪：居所从定居、洄游到远洋漫游；对后代的抚养从“含在嘴里怕化了”到“危在旦夕”而不顾；与其他生物的关系从平等互利、互不干涉到弱肉强食，不一而论。

两栖动物水陆现身影

LIANGXIDONGWUSHUILUXIANSHENYING

脊椎动物在水中形成的初期，鱼类动物是最早形成的生存形态，是各类脊椎动物发展的基础来源。随着初级脊椎动物的不断进化与发展，某些鱼类物种通过在水边、湿地、红树林及沼泽地这些特殊环境中生活，作为跨越陆地生存活动的适应性跳板，久而久之，逐步演化出一类能适应水陆之间的环境与气候而生存的两栖动物。

两栖动物是一种幼体生存在水环境中而成体生存在陆地上的变温变态脊椎动物。

两栖动物是从水生过渡到陆生的脊椎动物，具有水生脊椎动物与陆生脊椎动物的双重特性。它们既保留了水生祖先的一些特征，如生殖和发育仍在水中进行，幼体生活在水中，用鳃呼吸，没有成对的附肢等；同时幼体变态发育成成体时，获得了真正陆地脊椎动物的许多特征，如用肺呼吸，具有五趾型四肢等。

作为第一批登陆的脊椎动物，两栖动物有着最长的发展历史，但是关于两栖动物起源和演化的历史，现在仍然不很明确。两栖动物的祖先是肉鳍鱼类，但是到底是起源于哪类肉鳍鱼尚不明确。

最早的两栖动物是出现于古生代泥盆纪晚期的鱼石螈和棘鱼石螈，它们拥有较多鱼类的特征，如尚保留有尾鳍，并且未能很好地适应陆地的生活。鱼石螈和棘鱼石螈代表鱼类和两栖动物之间的过渡类型，但是新近的研究表明它们只是两栖动物早期进化的一个旁支，不是两栖动物的祖先类型，真正最原始的两栖动物尚待发现。

最早的两栖动物牙齿有迷路，被称为迷齿类，在石炭纪时还出现了牙齿没有迷路的壳椎类，这两类两栖动物在石炭纪和二叠纪非常繁盛，这个时代也被称为两栖动物时代。在二叠纪结束时，壳椎类全部灭绝，迷齿类也只有少数在中生代继续存活了一段时间。进入中生代以后，出现了现代类型的两栖动物，其皮肤裸露而光滑，被称为滑体两栖类。

现代的两栖动物种类并不少，超过4000种，分布也比较广泛，但其多样性远不如其他的陆生脊椎动物，只有三个目：有尾目、无尾目和无足目。有尾目如蝾螈、大鲵，无尾目如青蛙、蟾蜍，无足目有蚓螈。

肉鳍鱼离开水的摇篮

在脊椎动物的进化史中，两栖类是从水到陆、承上启下的关键类群。从它开始，脊椎动物才在陆地上打开局面，从而后来进化出爬行类、鸟类以及哺乳类和我们人类。所以，探讨两栖动物的起源，实际上也就是探讨四足动物的起源。这是何等重要的一个课题！难怪有人称两栖动物的从水到陆为脊椎动物进化史上的一场革命。

在距今4亿年前的泥盆纪，鱼类非常繁盛，被称为鱼类时代。在这一时期，世界各地的海陆分布发生很大的变化，形成了新的高山、高原和盆地，大陆面积不断增加，气候干燥炎热，栖息在淡水中的鱼类，常常遭到河川断流、湖泊枯竭等恶劣自然条件的挑战。有些不能适应的种类，逐渐走向灭绝，而有些则产生了变异，多数软骨鱼由淡水迁居到海洋环境生活，早期的硬骨鱼则产生了另一种适应，在咽喉部分向体腔内长出一对原始的“肺脏”，以此可在鳃呼吸困难时进行气呼吸。硬骨鱼类一般身体表面还被有鳞片，既有保护作用，也有抗旱作用。由于具有了原始的“肺脏”，这种鱼类慢慢摆脱了对水的依赖，向新的陆地生活环境发起挑战。经过无数的失败，终于，硬骨鱼中的一些类型，慢慢爬上了陆地，呼吸着空气，发展成为最早的陆生脊椎动物。两栖类的起源很可能发生在泥盆纪后期。当时，肉鳍鱼类中的某个物种登上了陆地，从此开创了一个全新的适应和进化方向。这是早期脊椎动物的一次冒险，是向它们完全陌生、只能部分适应的新环境跨出的大胆的一步。但是，这种进步的呼吸空气的鱼类一旦迈出了这一步，很快就转变成为原始的两栖动物。从此，脊椎动物的进化发展道路上许许多多新的可能性被开发出来了。

肉鳍鱼类

在鱼类自身进化的道路上，肉鳍鱼类可以说是进化的一个旁支，可是从整个脊椎动物的进化来说，肉鳍鱼类却是一个举足轻重的类群，因为后来出现的四足类脊椎动物，就是从肉鳍鱼类中进化出来的。肉鳍鱼类分为肺鱼和总鳍鱼。

肺鱼类的最早代表是泥盆纪中期的双鳍鱼。在此基础上，肺鱼类在晚泥盆纪至石炭纪曾经比较繁盛，至今只有少数极特化的代表生活在非洲、澳大利亚和南美洲的赤道地区。澳大利亚肺鱼是三个地区肺鱼中最原始的，它们生活在昆士兰州的一条河流中。在旱季河流水量减少时，就生活在一个个孤立的小水坑中，到水面上来呼吸空气，利用它那分布着许多血管的单个的肺进行呼吸。不过，这种鱼还不能离开水面生活。非洲的肺鱼和南美洲的肺鱼则在它们栖息的河流完全干涸后还能够生存好几个月。当旱季来临时，这些肺鱼就钻进泥里并把自己包裹起来，只留下一到数个小孔与外界通气，以使自己能够进行呼吸。与澳大利亚肺鱼不同的是，这两种肺鱼都有一对肺。

总鳍鱼类的最早代表是泥盆纪中期的骨鳞鱼。从它身上，实际上已经可以多多少少地看出一些早期两栖类动物的"苗头"了。

首先，骨鳞鱼的头骨和上下颌完全是硬骨质的，而且许多骨块的成分、位置和形状都与早期的两栖类相似。其次，骨鳞鱼的牙齿是"迷齿型"的。也就是说，在显微镜下观察它的牙齿横切面时，可以发现釉质层褶皱得很厉害，形成的图案就像迷宫似的。有意思的是，早期的陆生两栖动物的牙齿也是这种迷齿型的。最有意义的是骨鳞鱼偶鳍内部的骨骼结构，不仅不像肺鱼那样特化，反而其中各个骨块的结构、位置和形状，甚至骨块之间的关节都与早期的两栖动物非常相似了。

以此为基干，总鳍鱼类发展成为两个大的系统，即包括骨鳞鱼在内的扇鳍鱼类（亚目）以及空棘鱼类（亚目）。扇鳍鱼类是大的肉食鱼类，发现于泥盆纪至早二叠纪，多生活于淡水水域，现已灭绝。扇鳍鱼类中有一种生活在泥盆纪的真掌鳍鱼，它们与早期两栖动物的相似点就更多了。除了头骨、牙齿和偶鳍上的相似之外，它们在脊索周围有一系列骨环。这些结构与早期两栖类动物脊椎的结构已经非常相似了。因此，有些科学家认为，从真掌鳍鱼到陆生脊椎动物在进化上只差爬上陆地那短短的一步了。空棘鱼类是特化类群,头骨骨片数量和牙齿数目均减少。它们在中生代较多,代表有大盖鱼等。我国发现的空棘鱼类化石有长兴鱼等。

从水到陆要解决的三大问题

水和陆是两种截然不同的生态环境,脊椎动物从水到陆,至少要解决呼吸、干燥、重力三大问题。

呼吸问题是早期的两栖类必须克服的重大问题之一,不过这已经由它们的鱼类祖先解决了。肉鳍鱼类的肺是发育完善的,而且可能经常在使用。因此,两栖类在空气中呼吸实际上不算什么问题,只不过是继续使用它们从肉鳍鱼类祖先继承下来的肺。鱼类和两栖类在这个方面的主要区别之点,用鳃呼吸仍然是大多数有肺的鱼呼吸的主要方式,而肺通常只是一个辅助的呼吸器官,但最早的陆生脊椎动物基本上是用肺呼吸空气,只是在它们的幼体阶段里用鳃呼吸。

另一个问题是干燥问题。鱼在水中生活,用鳃呼吸,有水浮托和湿润身体,一切自如。可若一上岸,问题就来了。为对付干燥,早期两栖动物有的身上披有甲片,减少体液的蒸发。后期的两栖动物则大多发育有体表黏腺,以资润滑。不过,总的说来,两栖动物始终未曾彻底解决干燥问题,对水还有一定的依赖性。它们的卵还得下在水中,并在那里孵化。它们的幼体基本上还是一条鱼,在水中游泳,用鳃呼吸。正因为这样,它们只能"徘徊"在水域附近,未能向陆地的纵深发展。在整个脊椎动物中,比较而言,它们一直不很繁盛,分布也不很广。

地心吸引力对鱼类的影响较小,因为鱼类是被致密的水所支持着的。对于一个生活在陆地上的动物说来,地心吸引力就是一个很大的问题。最初的两栖类在离水以后,曾经与增大了的地心吸引力的影响作过斗争,因此,在它们进化到早期的一个阶段中,发育了强壮的脊椎骨与强有力的肢体。构成肉鳍鱼类脊椎骨的椎体的那些比较简单的"盘"或"环",已经成为互相连锁着的结构,共同形成了支持身体的强有力的水平的脊柱。脊柱在两个点上分别由肢带所支持,即前边的肩带与后边的腰带,腰带和肩带又由肢体和脚所支持。

谁是两栖动物的祖先

在鱼类中，谁可充当两栖动物祖先的候选对象？长期以来，科学家瞄上了硬骨鱼类中的肉鳍鱼类。肉鳍鱼类包括肺鱼和总鳍鱼，它们的胸、腹鳍内的骨骼排列不像其他鱼类那样成辐条状，而是在近端有一块中轴骨头，远端有几块较小的骨头。这种骨骼结构模式和陆生脊椎动物四肢近似，后者可能就是从前者进化来的。

生物学家原来认为，肺鱼和总鳍鱼具有内鼻孔，这是陆生脊椎动物用肺呼吸最主要的基本构造。肺鱼呼吸空气的能力自然而然地使我们联想到，它们可能是鱼类和陆生脊椎动物之间的一个中间过渡环节。特别是澳大利亚肺鱼的偶鳍演化的外形很像是细细的腿，它们甚至可以用这样的偶鳍在河地或是水塘底部像走路似的移动身体。这样的身体结构和行为活生生地反应了陆生的四足脊椎动物的早期形态。基于上述理由，有的人开始是把肺鱼当作两栖动物的祖先或其近亲。

腔棘鱼

直到19世纪末期，肺鱼的“祖先”地位才被总鳍鱼（包括多鳍鱼、腔棘鱼、扇鳍鱼、杨氏鱼等）所取代。原因是肺鱼的牙齿太特化了，上、下颌每侧均只一块齿板，而总鳍鱼类的牙齿是沿着上、下颌边缘生长的，且其横切面上具迷路式的结构，都与原始两栖类的一致。于是，有人描绘当时总鳍鱼从水上岸的情景说：泥盆纪晚期（距今约3.5亿年前），在总鳍鱼生活的地区发生季节性的干旱，河、湖缺水，匍匐在潮湿污泥上的总鳍鱼受尽煎熬，虽可勉强生活下去，但总不及在水中舒服。为寻找水源和食物，它们有的支撑上岸。在众多先驱者的牺牲下，个别强者终于活下来了，成为陆地上的第一批脊椎动物。

对此推测，有人持相反看法。他们说，当时不是干旱，而是多雨、潮湿，湖中的植物腐烂了，影响了水的清洁度。总鳍鱼是为了寻找干净的氧气而上岸的。谁是谁非，希望读者科学定夺。

找寻最早长出脚的鱼

科学家相信，很久以前，有一条鱼登上了陆地，长出脚，开始走路。这是生命史上最重大的事件之一——因为那条鱼正是我们人类的祖先。不过，那条鱼是怎样长出脚的，又为什么要长出脚呢？科学家相信，所有四足动物一定都来自于一种共同的祖先。为证明这一点，他们认为只需要两种化石。首先，需要最早登上陆地行走，而且是用四只脚且每只脚都有五根脚趾头的动物；其次，需要最早长出脚的鱼，正是这种鱼变成了最早登陆行走的四足动物。找到这两种动物的化石，对它们进行比较，找出它们之间的区别，就可知道鱼为什么会长出脚来。

发现鱼石螈

一个多世纪以来，为了寻找最早登陆的原始动物化石，古生物学家走遍了世界。有一条重要线索引导科学家进行探寻，那就是这一进化很可能发生在4亿年前的泥盆纪。寻找那条鱼的化石好像并不难。到19世纪快要结束的时候，科学家的目光都集中在了一类鱼的身上，它们就是生活在泥盆纪的总鳍类。

总鳍类的鳍里有着独一无二的骨结构，似乎是人类大腿和手臂的前身。尤其是其中一种总鳍类——早已绝迹了的掌鳍鱼，更是具备所有的腿骨，只是缺少脚和趾。于是，科学家们认为，如果找到地球上最早出现的总鳍鱼登陆后便演化而成的动物化石，就可以找到我们人类的祖先——没有四肢的祖先。

要想见到露出地面的泥盆纪岩层，只有到世界上为数不多的几个地方去，其中之一是格陵兰。于是在20世纪30年代，一组瑞典科学家多次造访了此处，其任务正是寻找第一种有腿的动物。

在这组专家中，寡言少语、固执己见、在整个古生物学界最不招人爱的埃里克·贾维克，找到了人们梦寐以求的东西——最早长出腿脚（而不是鳍）的动物。贾维克把它称作鱼石螈。

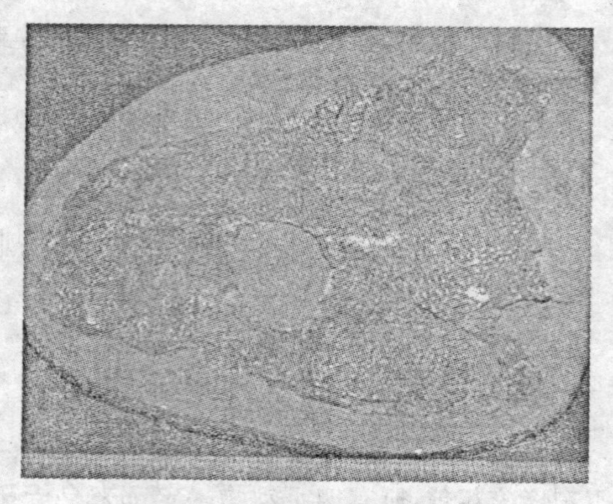

鱼石螈头骨化石

从达尔文时代之后的1859年开始，人们就一直在寻找这种意义重大的动物，而今终于找到了，这当然令整个古生物学界欢欣鼓舞。现在贾维克所要做的，就是尽可能地重建这种古怪动物的解剖结构。这一切当然需要较长的时间，尽管贾维克是一名非常出色的解剖学家，而且自1948年就已开始工作，却直到1996年才完成基本分析。其间他完成了两篇论文，证实了现行的理论。贾维克说，鱼石螈确实是一种在陆地上行走的四足动物，它有五根手指和五根脚趾。由此，我们为何会有手脚这个谜便得到了回答：当掌鳍鱼拖着鳍挣扎登陆之后，它便演化成为最早的四足动物——鱼石螈。这与科学家的预测完全一致。

但立即有人指出，贾维克的说法有很大漏洞，鱼石螈很可能不是直接从掌鳍鱼进化来的，因为二者之间差异太大。鱼石螈是完全成形的四足动物，也就是说它有胸廓，盆骨连接在脊骨上，肢体上有指头和趾头。而掌鳍鱼仍然是鱼，尽管它已有原始的腿骨，却未显示出多少向四足动物进化的其他特征。这就意味着，必须找到一种“中间动物”，它能显示从鱼向四足动物的转变的确发生过。因此，这种“中间动物”应该既能行走，又是一半像鱼、一半像四足动物的动物。“中间动物”也就是达尔文所称的“过渡形式”。“过渡形式”正是进化理论的核心，因为它们表明一种动物能够变异成另一种动物。当环境条件发生剧变时，进化过程中就会出现“过渡形式”。那些不能适应新环境的动物会灭绝，但偶然的变异最终往往是保证存活的关键。随着一群古怪的变异动物在新环境中挣扎求生，其中大多数会很快消亡，只有少数将变成“过渡形式”动物，“过渡形式”的化石，因此成为所有物种演化中最重要的化石。如果在掌鳍鱼和鱼石螈之间找不到半鱼半四足动物这一“过渡形式”，就无法透彻解释我们为什么会长出腿脚。

“活化石”拉蒂迈鱼惊现

为了透彻解释人类为什么会长出腿脚，古生物学家开始寻找鱼和我们最早的祖先之间的“过渡形式”。

1938 年 12 月下旬，南非罗兹大学一位解剖学教授的助手拉蒂迈小姐在海边寻找鱼标本时，从渔民打捞上来的鱼中发现了一条奇怪的鱼。一般鱼(包括软骨鱼和此前已知所有的硬骨鱼)的鳍都是直接长在身体上的，可是这条鱼的鳍却与众不同，它的鳍都是长在一条条胳膊或腿似的附肢状结构上，然后这些附肢状结构再与身体相连。拉蒂迈小姐立刻意识到这条鱼的不同寻常——这样结构的鱼不正是四足类脊椎动物起源于鱼形脊椎动物的一个良好佐证吗？拉蒂迈小姐立即向渔民买下了这条鱼。可是，当时学校已经放假，实验室已经封了门，无法取出用于浸制和保护标本的福尔马林等药剂。情急之下，拉蒂迈小姐买了几千克盐，将这条鱼像腌咸鱼一样地里里外外涂抹起来——这是当时条件下唯一的保护防腐办法了。

圣诞节过后，教授度假回来，拉蒂迈小姐兴冲冲地将这条鱼拿给他看。此时，由于在盐的作用下脱水变干变硬，这条珍贵的“咸鱼”几乎只剩下鱼皮和里面的鱼刺了。即使如此，教授还是马上就意识到了这条鱼的意义并进行了研究，认为这条鱼应属总鳍鱼目空棘鱼亚目。原来被认为已经灭绝了的动物突然被发现仍然生存在地球上，而且这种动物还与包括我们人类在内的所有四足类脊椎动物的祖先有关，怎么能不让人心情激动！为了纪念拉蒂迈小姐对科学、对人类知识宝库做出的这一重大贡献，教授将这条鱼及其所代表的物种命名为拉蒂迈鱼。

要知道，空棘鱼是生活于泥盆纪的一种总鳍类，人们以为它早在7600万年前就已灭绝了。而今发现它竟然还活着，就好比找到了一头活体恐龙或一只活的始祖鸟。当时的整个科学界，理所当然地惊奇了。此后的好几十年里，空棘鱼一直被认为是鱼和四足动物之间的“过渡形式”。不过，当时无人对它有足够了解，人们只把它当成是一种活化石。

发现第一条空棘鱼后的第十三年，终于找到了第二条活的空棘鱼。结果却令人大失所望：它并不会用鳍行走，而只会游泳，也就是说，它只是一条鱼，而不是“过渡形式”或“中间动物”。

刺鱼石螈的发现

又是三十年过去了，依然没有找到“过渡形式”，也就是没有找到用鳍行走，并最终进化成我们有脚的最早祖先的鱼。一直到了1981年，古生物学的“复仇天使”终于降临了。

这一年，金妮·克兰克完成了她的毕业论文，来到英国剑桥大学动物学博物馆工作。金妮一直梦想着能加入到探索“我们为何会长出脚”之谜的队伍中，正在这时，一位同事对她说：别担心，机会马上就到。这位同事带来了一本学生笔记，是一名学地质的学生写的。他曾于1970年去过格陵兰。他写到，尽管他了解岩石，很不了解化石，却在格陵兰的山上发现了大量鱼石螈化石。虽然他语焉不详，但却好似一声惊雷。要知道，当时世界上仅存由贾维克找到的鱼石螈化石。金妮当即决定去一趟格陵兰。到达目的地之后的两星期过去了，仍未找到那位学生描述的地方。正当金妮开始认为自己可能找错了地方时，却出现了惊喜——吹开覆盖的尘土，她看见了一副头骨的一部分。

可爱的美西螈

金妮找到的并不是鱼和四足动物之间的“过渡形式”，但同样是罕见的发现。这是另一种泥盆纪的四足动物，叫作刺鱼石螈。刺鱼石螈与贾维克的发现不同，但明显来自同一祖先，因而也与人类相关。刺鱼石螈是迄今为止发现的第二种泥盆纪四足动物。金妮带了十多块刺鱼石螈化石回剑桥，但直到 1990 年，这趟旅行的真正重要性才浮现出来。当时，金妮的一名同事开始分析金妮已放弃的刺鱼石螈化石样本。当他准备从岩石中挖出刺鱼石螈的“手”时，他想一定会找到五根手指。令他大吃一惊的是，他最终找到的手指不是五根，而是八根！再进一步核实，没错，刺鱼石螈的一只手上真有八根指头！这就是说，所有教科书上都写错了——因为最早的四足动物根本不止有五根手指！

金妮的发现意味着，有关“我们为何长出、又如何长出四肢”的科学探索，必须全部重头再来。现在，科学家需要的就不仅是从鱼向四足动物的“过渡形式”——尽管这个“过渡形式”仍未找到，同时他们还得重新回答：“我们为何会长出四肢”。为什么会有动物需要脚，而脚又不是用来走路的呢？

出现两类古老的两栖动物

现代的两栖动物，如青蛙、娃娃鱼等都是体表湿润光滑的，所以它们又统称为“滑体两栖动物”。然而在遥远的古生代，两栖动物的头上戴着“头盔”，身上长着鳞片。曾经有两大类两栖动物在古生代时比较繁盛，这些动物的头部很大，结构结实，覆盖有坚厚的骨板。第一类叫做迷齿两栖类，第二类是壳椎类。在古生代“粉墨登场”的古老两栖动物中，多数种类在演化的过程中衰落并灭绝了，但从古生代的两栖动物中发展出了两个重要的分支，其中一支是向现代两栖动物方向发展，另一支更加引人注意，即从迷齿两栖动物中一个叫“石炭螈类”的分支中演化出了爬行动物，后来又从爬行动物进一步演化出鸟类、哺乳类等。所以说，在低等的两栖动物中，孕育着以后更加高等的脊椎动物。

迷齿类

迷齿类是地球上最早出现的陆栖脊椎动物，它们繁盛于石炭纪和二叠纪，少数种类延续到三叠纪。其锥状牙齿横截面上具有迷路构造，因此得名。头骨由坚硬厚大的骨片组成，因此也称为坚头类。与肉鳍鱼类相比，头骨扁平，骨片减少，舌颌骨退入中耳形成镫骨，具有听凹。此外，它们当中的多数种类体表还有厚重的鳞甲。

迷齿类繁盛的时代，地球上的沼泽、河流和湖泊中到处都有这种动物。在古生代的后期和三叠纪时，它们遍布在地球的所有大陆上。迷齿两栖类的地理分布很广，种类也十分丰富，后期的迷齿两栖类个体较大，当时是一种可怕的捕食者。

迷齿类分为三个目：鱼石螈目、离片椎目和石炭螈目。我国新疆乌鲁木齐附近发现的乌鲁木齐鲵是古生代晚期向爬行类演化的石炭螈目、蜥螈亚目的成员。

蜥螈亚目中的蜥螈是一种特殊的两栖动物，在它身上可以看到既有一些两栖动物的特征，又有一些爬行动物的特征。蜥螈究竟是两栖动物还是爬行动物呢？这一问题的最好答案显然取决于蜥螈是像现代爬行动物那样在陆地上产羊膜卵还是像现代两栖动物那样回到水中去产卵。遗憾的是，古生物学到目前为止还没有给我们提供有关这一问题的线索。蜥螈既有爬行动物又有两栖动物特征的身体构造，正说明了动物进化的真谛。即使是一个物种的进化，也并不是在所有方面平均一致地发展的。一种动物可能在一些特征上是进步的，但是在另外一些特征上却是原始的，这种情况被称为“镶嵌进化”。蜥螈的这种镶嵌进化特点正表明了它们是介于两栖动物与爬行动物之间的奇妙的中间类型。因此，我们更有把握地推测，爬行动物起源于蜥螈或是类似于蜥螈那样的两栖动物。

最早的两栖动物——鱼石螈和棘鱼石螈就属于迷齿类（它们均出现于古生代泥盆纪晚期），它们拥有较多鱼类的特征，如尚保留有尾鳍，并且未能很好地适应陆地的生活。鱼石螈和棘鱼石螈的牙齿有类似总鳍鱼的迷路，被归入两栖动物纲的迷齿亚纲。鱼石螈和棘鱼石螈组成了迷齿亚纲的鱼石螈目,鱼石螈目自泥盆纪晚期出现后延续到了石炭纪早期,而在石炭纪早期迷齿亚纲的另外两个目也已经出现。

鱼石螈和棘鱼石螈代表鱼类和两栖动物之间的过渡类型,但是新近的研究表明它们只是两栖动物早期进化的一个旁支,不是其他两栖动物的祖先类型。真正最原始的两栖动物尚待发现。

进入石炭纪后,两栖动物迅速分化,并在古生代的最后两个纪石炭纪和二叠纪达到极盛,这个时代也因此称为两栖动物时代。这个时期的两栖动物多种多样,适应不同的生存环境,有些相当适应陆地生活,有些则又回到了水中,有些特大型的种类如石炭纪的始螈可以长到 7～8 米长,习性颇似现代的鳄鱼,相当可怕。在石炭纪密布森林和沼泽的环境里,始螈和另一种凶狠的两栖动物——双锥螈是代表性的大动物,前者潜伏于水中猎食鱼类或别的两栖动物,后者则埋伏于陆上,袭击那些靠近它的大型昆虫或别的小动物。

而在二叠纪与异齿龙、楔齿龙、丽兽等凶恶爬行类对抗的引螈,则代表了古生代迷齿类进化的一个颠峰。引螈是石炭纪和二叠纪陆地上最大的动物之一。它体长 1.8 米以上,头骨很大,宽阔而比较扁平,耳缺很深,有大而具迷路构造的牙齿,脊椎和四肢骨结构粗壮,结构笨重,脊椎骨异常坚硬。生活习性可能像现代的鳄,出没于溪流、江河与湖泊之中,捕食鱼类及小型爬行类。与现在的两栖动物不同,这些早期的两栖动物身上多具有鳞甲。在古生代结束后,大多数原始两栖动物灭绝,只有少数延续了下来。

迷齿亚纲的离片椎目和石炭螈目两个目分别代表两栖动物的主干类型和两栖动物中向着爬行动物进化的类型。离片椎目是两栖动物的主干类型,在石炭纪和二叠纪时遍布世界各地,而在古生代结束时离片椎目的一些成员仍然繁盛了一段时间,是原始两栖动物中唯一延续到中生代的代表,有些甚至到中生代后期才灭绝,这些中生代的迷齿类分布广泛,体型巨大,如三叠纪大名鼎鼎的虾蟆螈,头骨长度就超过 1 米,主要生活在水中,与其同时代的引鳄螈一样与植龙类争夺着淡水领域的统治权。

壳椎类

壳椎类多为小型两栖动物，适应于浅水及沼泽生活；最早出现于早石炭纪，至古生代末灭绝，从未繁盛过。一般分为三个目：游螈目、小鲵目和缺肢目。

小鲵目都是一些适合生存在水边地下或沼泽中的小型的原始两栖动物，而缺肢目则特化成小型、细长而且没有四肢的蛇状两栖动物。

游螈目是壳椎类中数量、种类和形态都最为多样化的家族。它们在石炭纪后期开始向两个方向进化，一支进化成体形细长的鳗鱼状或蛇形两栖动物，另一支则身体和头骨都向着扁平而且宽阔的方向发展，例如二叠纪著名的笠头螈。

笠头螈是一种形状古怪的两栖动物。它的身体细扁，长约60厘米。头部像三角箭头向左右支出，比身体还要宽，因此形状十分奇怪。它双眼在身体上侧，口在下面。它有长尾便于游水。笠头螈比引螈或者双椎螈更善于游泳。它四肢软弱，各有五趾，经常在泥岸上瞌睡。笠头螈的肢骨又小又弱，显然，这种动物很可能属于底栖型的两栖动物，大部分时间可能都是呆在小溪或池塘的水底生活的。

滑体两栖类的崛起

三叠纪后古老的两栖类衰退以至灭绝，代之而起的是无甲两栖类，并一直延续至今。无甲两栖类就是滑体两栖类，顾名思义，这是些体表光滑、没有甲胄的动物，它们是现代的两栖动物，种类并不少。现在的两栖动物超过4000种，分布也比较广泛，但其多样性远不如其他的陆生脊椎动物，只有三个目：无尾目、有尾目和无足目，其中只有无尾目种类繁多，分布广泛。每个目的成员也大体有着类似的生活方式，从食性上来说，除了一些无尾目的蝌蚪食植物性食物外，均食动物性食物。两栖动物虽然也能适应多种生活环境，但是其适应力远不如更高等的其他陆生脊椎动物，既不能适应海洋的生活环境，也不能生活在极端干旱的环境中，在寒冷和酷热的季节则需要冬眠或者夏蛰。

有尾两栖类

有尾两栖类现生种类有350多种，代表动物是蝾螈，主要分布在北半球，其历史最早可以追溯到侏罗纪中期（大约1.7亿年前）。已知最早的代表发现于中亚和西欧，但这些化石都十分零散、破碎。

最近，在我国东北的白垩纪早期的地层中发现了许多保存精美的有尾类化石。目前已经命名的有钟健辽西螈、东方塘螈、奇异热河螈、凤山中国螈等，它们生活在距今大约1.3亿年前。这些化石具有时代早、保存状态好、数量多、种类丰富等特点。而且，它们是世界上已知最早的现代蝾螈类的代表，许多特征可以与现生种类比较。由此推测，世界上现存的蝾螈类很可能是由此演化出来的。我国现生的有尾两栖类有三个科：小鲵科、隐鳃鲵科和蝾螈科。

水中精灵——蝾螈

蝾螈，全世界大约有400多种，分属有尾目下的10个科，包括北螈、蝾螈、大隐鳃鲵（一种大型的水栖蝾螈）。它们大部分栖息在淡水和沼泽地区，主要是北半球的温带区域。蝾螈身体短小，有4条腿，皮肤潮湿，体长大约在10～15厘米，大都有明亮的色彩和显眼的模样。中国大蝾螈体型最大，体长可达1.5米。

蝾螈出世以后，一般都要经过幼体时期，这个时期可能是几天，也可能是几年。幼体长有外鳃和牙齿，没有眼睑。这些特征可能会保留到性成熟。栖息在北美洲东部的一种泥蝾螈和墨西哥中部的蝾螈都有这个特性。

蝾螈主要食昆虫、蠕虫、蜗牛和一些小动物，包括它们的同类。像其他两栖动物一样，它们依靠皮肤来吸收养分，因此需要潮湿的生活环境。在环境温度降到0℃下以后，它们会进入冬眠状态。

大多数成年的蝾螈白天躲藏起来，晚上才出来觅食。有些则在繁殖季节才从地底下出来，或者是到温度和湿度适合于它们生存的时候才会露面。有些种类的蝾螈，特别是属于无肺螈科的蝾螈，完全是陆栖动物。

无尾两栖类

无尾两栖动物习惯上被统称为“蛙类”。它们又包括了狭义的蛙类（也就是我们通常所说的青蛙等）和蟾蜍类。二者的主要区别是：蛙类体表光滑，体态轻盈，喜欢湿润的环境，善于跳跃，具有固胸型肩带；而蟾蜍类体表粗糙不平，身体笨重，跳跃能力差，但抗旱力强，具有弧胸型肩带。但这二者的区别在生物分类学上并不是非常严格，被称为“蟾”的也可具有较强的跳跃能力，被称为“蛙”的也曾发现弧胸型肩带（如皱皮蛙）。

现生无尾两栖类中较原始的种类都是蟾类，如北美的尾蟾、新西兰的滑跎蟾以及欧洲和北非的盘舌蟾等；同时，化石证据表明，弧胸型肩带的出现要早于固胸型肩带的出现。从这个角度看，蟾是蛙的前辈。换句话说，体态优雅的蛙是从某种怪模怪样的癞蛤蟆演化出来的。

娃娃鱼

娃娃鱼又名大鲵。山间盛夏的夜晚，伴随着泉水叮咚的声音，常听到婴儿般的啼哭，这就是大鲵那凄惨的叫声。人们因此而称其为“娃娃鱼”。娃娃鱼头宽而扁圆，上嵌一对小眼睛，尾部侧扁，四肢短小，形状十分怪异。体色有棕色、红棕色，还有黑棕色的。娃娃鱼是现存两栖动物中最大的一种，有的地方，身长可达 1.8 米。

娃娃鱼一般生活在岩石磊磊的清澈的山涧，洞穴位于水面以下。白天，它在自己舒适的“家中”酣睡，夜幕降临时，才静静地隐蔽在滩口乱石中，等猎物走过，便吞而食之。由于很少活动，新陈代谢十分缓慢，若大的娃娃鱼，每天只需吃 200～300 克食物就行，而且还不用天天都吃。每年 5～8 月，是娃娃鱼的繁殖季节。雌的产卵后，“任务”即告结束：雄的从此就要担当所有的孵卵任务，直至 15～40 天后，小“娃娃鱼”分散生活为止。娃娃鱼是一种很古老的动物，在 2 亿多年前曾繁盛一时。在自然选择的过程中，“适者生存”下来的很少，目前为我国的特有种，应极力加强对它们的保护。

三燕丽蟾

1999年，一只出土于辽西白垩纪早期地层中的古老蛙类化石引起了国内外科学家的广泛关注。中国科学院古脊椎动物与古人类研究所的青年学者王原将它命名为"三燕丽蟾"。它是我国已知最早的蛙类，生存在距今约1.25亿年前，与大大小小的恐龙生活在同一时代。

三燕丽蟾不仅时代早，而且化石保存得十分精美，这在蛙类化石中极其罕见。因为蛙类大多生活在温暖潮湿的环境中，同时骨骼又细又弱，所以很难保存为化石。过去我国仅发现了山东的玄武蛙(距今约1600万年前)和山西的榆社蛙(距今约500万年前)等2～3块较完整的新生代蛙化石。

三燕丽蟾的骨骼形态已经与现生无尾两栖类十分相近，它的上颌边缘长满了细细的梳状排列的牙齿，而我们现在常见的蛙类大多没有牙齿，具有牙齿是原始的表现。根据这一特征判断，三燕丽蟾的舌部捕食机能及身体的运动能力可能还不够强，牙齿在辅助捕食中具有比较重要的作用。

在分类学上，三燕丽蟾属于盘舌蟾类的一种。欧洲的盘舌蟾、产婆蟾与亚洲的东方玲蟾是它的现生的近亲。从这些蛤蟆的样子推测，三燕丽蟾的形象也不会好看。显然，"丽蟾"得名于它精美的骨架化石，而不是这类动物的"长相"。

三叠蛙

无足两栖类、无尾两栖类和有尾两栖类在动物分类学上构成了滑体亚纲中的3个目，此外，滑体亚纲还有第四个目，即原无尾目，其代表是在非洲马达加斯加岛上发现的三叠蛙。

三叠蛙是迄今所知最早的滑体两栖动物，已经有2.4亿年的高龄了。这种小动物体长只有10厘米左右，令人惊奇的是，它具有典型的蛙的特征，而它的出现时代(三叠纪早期)却是如此之早。三叠蛙头骨简化，尾部缩短。同时，它又有许多原始的特征：如前肢保留5趾(而不是现生两栖类中常见的4趾)，躯干部的脊椎骨数目较多，尾部仍由若干脊椎组成，而不是现生蛙类所特有的愈合为一根的尾杆骨。

无足两栖类

无足两栖类是一类十分特化的两栖动物。它们的外形像蚯蚓，没有四肢，尾巴短短的，或是干脆没有尾巴。

大多数无足类动物生活在热带地区，并且是穴居生活，鱼螈是这类动物的代表之一。它们的皮肤裸露，有许多环状皱纹，富于黏液腺；眼睛退化，但嗅觉很发达。这类动物的脊椎骨数目很多，有的种类多达 250 块，而最大的无足类的个体长度可以达到 1.5 米。

蚓　螈

无足两栖类除了具有以上特化性特征，还表现出一些原始的特点。如大多数无足类具有退化的骨质鳞片，但这些鳞片不是像鱼类那样覆盖在身体表面，而是陷入在皮肤的环状皱纹之内。这些退化的小鳞片被一些学者视为古代迷齿类体表鳞甲的遗迹，反映了这类动物继承下来的原始特征。

现生的无足两栖类有 160 多种，分布在拉丁美洲、亚洲南部和非洲的热带地区。西双版纳鱼螈是我国仅有的一种无足两栖类。无足类的化石十分罕见，最古老的化石发现于美国亚利桑那州大约 2 亿年前的侏罗纪早期地层里，被命名为“小肢始蚓螈”，它的特别之处是具有弱小的四肢，这也反映了它的原始性。随着无足类的演化，这些四肢一步步缩小，到现生种类中则完全消失，使其成为真正的“无足类”了。

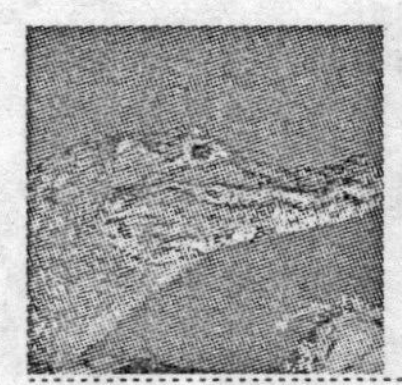

爬行动物的登场

PAXINGDONGWUDEDENGCHANG

目前,在地球上的爬行类动物非常活跃,它们的种类繁多,不可胜数。从动物的进化史来看,海洋上的初级脊椎动物通过了海边、沼泽地、湿地作为自身演化的跳板,出现了两栖动物。

随着时间的推移,一大批两栖动物物种为了能适应陆地生活而不断繁衍与进化。逐步形成了各种不同类型的陆生爬行类动物。

这些爬行类动物进化的起点,对于其后的脊椎动物的进化来说,具有极其深远的重要意义。正是从这些早期的爬行类动物中,诞生了我们今天所见到的各种各样的爬行动物。

石炭纪晚期,随着有壳蛋的出现,标志着爬行动物的产生。早期爬行动物体型小,但在陆地发展迅速。

二叠纪初期经历了巨大的气候变化,许多地区变得炎热干旱。湿润环境越来越少,这对两栖动物产生了毁灭性的影响。后来,许多两栖动物灭绝了,为爬行动物的繁衍进化扫清了道路。

二叠纪晚期,陆地上又一次发生了巨大的气候变化,导致了全世界物种大灭绝,有超过半数以上的动物物种消失了。经过这次物种大灭绝后,海洋和陆地生物非常稀少。地区的生态系统整整经历了一千万年时间,才重新恢复正常。

到了三叠纪,爬行动物才真正崛起。这时的爬行动物主要由槽齿类、恐龙类、似哺乳的爬行类组成。典型的早期槽齿类表现出许多原始的特点,且仅限于三叠纪,其总体结构是后来的爬行动物以及鸟类的祖先模式;恐龙类最早出现于晚三叠世,有两个主要类型:较古老的蜥臀类和较进化的鸟臀类。海生爬行类在三叠纪首次出现,由于适应水中生活,其体形呈流线式,四肢也变成桨形的鳍；似哺乳爬行动物亦称兽孔类，四肢向腹面移动，因此更适于陆地行走。

侏罗纪时爬行动物发展迅速，生物发展史上出现了一件重要事件，引人注目，即恐龙成为陆地的统治者。槽齿类绝灭，海生的幻龙类也绝灭了。恐龙的进化类型——鸟臀类的四个主要类型中有两个繁盛于侏罗纪，飞行的爬行动物第一次滑翔于天空之中。海生的爬行类中主要是鱼龙及蛇颈龙，它们成为海洋环境中不可忽视的成员。

爬行类从晚侏罗纪至早白垩纪达到极盛，继续占领着海、陆、空。但随着剧烈的地壳运动和海陆变迁，导致了白垩纪生物界的巨大变化，中生代盛行和占优势的爬行动物后期相继衰落和绝灭，新兴的哺乳动物有所发展，预示着新的生物演化阶段——新生代的来临。

爬行动物的起源

迷齿两栖动物在古生代晚期的石炭纪和二叠纪时,曾经一度繁盛。但在它繁盛初期时,就有一支已经进化为爬行动物。这支爬行动物逐渐崛起,最终在中生代一统天下。

爬行类是从石炭纪末期的古代两栖类(坚头类)进化来的。在石炭纪的时期,气候比较稳定,温暖而潮湿。但到了石炭纪末期,地球上发生了造山运动,地壳有了很大的变动,陆地上出现了大片的沙漠,在很多地区,原来的温暖而潮湿的气候转变为干燥的大陆性气候——冬季寒冷,夏季炎热,这从该时期树干的年轮可以看出四季的变化。植物界也随着气候的变化而改观,适应干旱的裸子植物(松树和苏铁类)逐渐代替了沼泽生的蕨类植物。在这种条件下,很多古代两栖类绝灭了,代之而起的是具有适应陆生的体制结构(防止水分蒸发的角质化皮肤、较完善的肺呼吸等)、适应陆生的生殖方式(体内受精、卵外有硬壳和胚胎具羊膜)和有比较发达的脑的爬行动物。新兴的爬行动物,在生存竞争中不断发展壮大。到中生代初期,便将两栖类排挤到次要地位。

西蒙龙

西蒙龙(又名蜥螈)被认为是研究爬行动物起源的最重要的化石代表。西蒙龙是体长约半米的小型四足类,发现于晚二叠纪。从它的结构来看,恰好介于两栖类和爬行类之间,以至于究竟是把它放在两栖类还是放在爬行类，意见并不一致。

早期爬行动物体型小，但在陆地迅速发展，很快进入相对干燥的高地。

鱼和两栖动物的卵、两栖动物的幼体（包括蝌蚪）的生长都离不开水，这是因为在爬行动物出现之前，脊椎动物的受精卵都必须在水环境中才能发育成幼体。爬行动物之所以能成功登陆，是因为爬行动物产羊膜卵。羊膜卵的出现使它们摆脱了对水的依赖，这是脊椎动物进化史上的一个里程碑，其意义可与领的出现以及脊椎动物从水生向陆上生活的转变相当。羊膜卵的完善化像过去发生的几次进化上的重大事件一样，为脊椎动物的发展开创了新的纪元。

以羊膜卵进行繁殖的动物，卵在母体内受精，然后产在地上或其他适宜的场所，或是在母体输卵管内停留到幼体孵化时为止。卵内含有一个大的卵黄，为成长中的胚胎供应营养，此外，还有两个囊，即羊膜和尿囊。羊膜中充满着液体，并包裹着胚胎，尿囊收容动物胚体在卵内停留期间排出的废物。

最后，在整个结构的外面，包上一层卵壳；卵壳坚韧，足以保护卵体，同时又具有多孔性，可以吸进氧气和排出二氧化碳。这样的卵为胚胎的发育提供了一个保护环境。在效果上，一方面由羊膜提供了一个单独占用的小“水塘”，胚胎可以在其中生长；另一方面坚韧的卵壳庇护着卵不受外界的损伤。动物有了这样的卵才能自由地生活在陆地上，而不必像两栖类那样回到水中繁殖。

爬行动物是第一批真正摆脱对水的依赖而真正征服陆地的脊椎动物，可以适应各种不同的陆地生活环境。爬行动物也是统治陆地时间最长的动物，其主宰地球的中生代也是整个地球生物史上最引人注目的时代。那个时代，爬行动物不仅是陆地上的绝对统治者，还统治着海洋和天空，地球上没有任何一类其他生物有过如此辉煌的历史。现在虽然已经不再是爬行动物的时代，大多数爬行动物的类群已经灭绝，只有少数幸存下来，但是就种类来说，爬行动物仍然是非常繁盛的一群，其种类仅次于鸟类而排在陆地脊椎动物的第二位。爬行动物现在到底有多少种很难说清，各家的统计数字可能相差千种，新的种类还在不断被鉴定出来，大体来说，爬行动物现在应该有接近八千种。

由于摆脱了对水的依赖，爬行动物的分布受温度影响较大，而受湿度影响较少。现存的爬行动物大多数分布于热带、亚热带地区，在温带和寒带地区则很少，只有少数种类可到达北极圈附近或分布于高山上，而在热带地区，无论湿润地区还是较干燥地区，种类都很丰富。

爬行动物传统上可根据头骨上颞颥孔的数目和位置分成四大类。这种分类不一定正确，却反映了彼此的亲缘关系，使用起来比较方便。所以虽然现在新的划分方案很多，但是这种传统的分类仍然常被使用。

无孔亚纲（或缺弓亚纲）。头骨侧面没有颞颥孔，包括杯龙目和龟鳖目。杯龙目，为二叠纪早期已经出现的最原始的爬行类，在三叠纪末灭绝。龟鳖目，杯龙类的直接后裔，从二叠纪一直生存至今，并在进化过程中发展了保护性的骨甲的爬行动物。

下孔亚纲（或单弓亚纲）。头骨侧面有一个下位的颞颥孔，眶后骨和鳞骨为其上界。这是一支向哺乳类方向进化的爬行动物，故又称似哺乳爬行动物，包括盘龙目和兽孔目。盘龙目，时代仅限于二叠纪的原始单弓爬行类。兽孔目，二叠纪中期到三叠纪期间曾经繁盛一时的一大群似哺乳爬行动物，其中的某些类群最后演化出哺乳动物。

调孔亚纲（或阔弓亚纲）。头骨侧面有一个上位的颞颥孔，眶后骨和鳞骨为其下界。主要包括原龙目、蜥鳍目、盾齿龙目和鱼龙目等，通常为水生爬行动物。原龙目，二叠纪由杯龙类早期发展出来的一支，三叠纪在与双孔类的竞争中失败而灭绝。蜥鳍目，分为幻龙类与蛇颈龙类，中生代海洋霸主之一。盾齿龙目，生活时代仅限于三叠纪初期的以海底介壳类为食的浅海生活爬行动物。鱼龙目，为三叠纪中期起源于杯龙类并一直延续到白垩纪的最完善地适应海洋生活的爬行动物。

双孔亚纲（或双弓亚纲）。头骨侧面有两个颞颥孔，眶后骨和鳞骨位于两孔之间。该亚纲为占优势的爬行动物，下分鳞龙次亚纲和初龙次亚纲。鳞龙次亚纲分为始鳄目、喙头目和有鳞目。初龙次亚纲分为槽齿目、翼龙目、蜥臀目、鸟臀目和鳄形目，其中的蜥臀目和鸟臀目俗称"恐龙类"。

鳞龙次亚纲，较原始的主干爬行动物，是出现于石炭纪晚期的第一批爬行动物之一，也是现代最繁盛爬行动物，包括现存爬行动物的绝大多数成员。始鳄目，早期的鳞龙类，是其他双孔类的祖先，最初出现于晚石炭纪，也是生存历史最长的爬行动物，这是一类小型的、像蜥蜴似的能迅速飞跑的爬行类。在新生代早期尚延续了一段时间，也有人将最早的和最完善的类型置于新的目。喙头目，原始的鳞龙类，绝大多数生存于中生代，仅有楔齿蜥残存到现代，是现存最原始的爬行动物。有鳞目，蜥蜴类及从中分化出来的蛇类，为三叠纪至今的优势爬行动物。

鳞龙次亚纲

初龙次亚纲，为进步的主干爬行动物，鸟类的祖先，拥有改进的运动方式和四个室的心脏，出现于三叠纪，为中生代的统治者和最引人注目的古生物，但是中生代结束后只有少数鳄目成员残存下来。槽齿目，初龙次亚纲最原始的成员，仅生存于三叠纪，非常多样化，可能是其他各类初龙，由于过于庞杂，现常将槽齿类打散分成不同的类群。翼龙目，飞行的爬行动物，生存于三叠纪至白垩纪，有原始的喙嘴龙和进步的翼手龙两个亚目，包括历史上最大的飞行动物。蜥臀目，恐龙的两个目之一，生存于三叠纪至白垩纪，有两～三亚目，包括历史上最大的陆地植食动物和陆地肉食动物。该目分成两支，即兽脚亚目和蜥脚亚目。兽脚亚目包括所有的肉食恐龙。蜥脚亚目包括所有食草蜥龙类。鸟臀目，恐龙的两个目之一，有鸟脚亚目、剑龙亚目、甲龙亚目和鱼龙亚目四大支系。生存于三叠纪至白垩纪，包括一些相貌比较独特的恐龙。鳄形目,水栖的初龙,生存于三叠纪至现代,包括三～四个亚目,多数于中生代结束时灭绝,现存仅真鳄亚目的一～三个科。

龟鳖类爬行动物的出现

龟鳖是古老的、特化的一支爬行动物。早在2亿年前的晚三叠纪,它们就在地球上生息繁衍,且家庭兴旺,种族多样。目前所知最早的龟化石是距今2亿年前晚三叠纪原颚龟,也就是说,原颚龟是龟鳖类动物的祖先。到中生代晚期,从原颚龟类发展了两个类群——侧颈龟类和曲颈龟类,并延续到现代,与现生的种类无多大差别。鳖类动物是从早期的原始龟类演变进化而来。鳖类化石最早记录是距今1亿年前的白垩纪,以古鳖为代表。海龟类最早出现于距今1亿年前的白垩纪,一直延续至今。陆龟类最早记录是距今4亿年前,而且从此一直很繁盛,可是到距今100万年前,陆龟类骤然衰落,仅有少数种类延续至今。

龟鳖类的起源

关于龟鳖类爬行动物的起源,各国的古生物科学家仍然是众说纷纭,大多数的说法只是根据化石的推测,不过要真说谁是龟类的祖先还不是一两句能说清楚的。地球上最早出现的爬行动物,叫“杯龙类”。古生物学家们将现代龟的头骨与杯龙类的头骨作比较,发现它们的形状很相似,所以认为龟的祖先是杯龙类。而龟是由杯龙类的一个分支逐渐进化而来的。杯龙类现在叫大鼻龙类,是最早而且是最原始的爬虫类。

其实我们可以这样理解,杯龙类是所有爬虫类的一个雏形,龟鳖自然是从杯龙类中不断进化出来的,然后出现龟鳖的雏形,这是由曾在德国和泰国出土的化石为证的。这个时期的龟鳖类体长可达两三米以上,头部和四肢都无法缩入体内,口中也没有牙齿,但有一对很大的耳洞,所以为了自我保护,它们全身长满了利刺,外形有点像大鳄龟，看来鳄龟还保留着一些原始的味道，不过不同的是“原鳄龟”是以陆栖为主，主要出没于河湖与沼泽区域。

直到1.6亿前的侏罗纪中期才演化出第一只海龟，同时龟鳖类也演化出两种不同的类型，一种就是可以将头部直接缩入壳中的隐颈龟鳖类，而另一种则是头部不能缩入壳中，只能将颈部侧弯贴于体侧的侧颈龟鳖类。

虽然没有直接的证据，但这是长久以来人类对龟的起源最强有力的说法。最近，中国科学院根据近期在贵州发现的最原始的龟类化石，又有了新的见解：认为龟不是从陆地上起源而是源于水中，因为这个化石的古代龟类只有腹甲而没有背甲，这说明在水中它们来自下部的攻击更多一些，之后到了陆地上，由于受上空的攻击增多，于是它们又进化了背甲。听起来也蛮有道理的，不过世界古生物科学家还未达成共识，有待进一步考证。不管龟类的祖先是来自于水中也好，还是来自于陆地也好，它们的确可以称得上是“活化石”。它们和恐龙同时出现却一直生存之今，就连在大多数生物灭绝的白垩纪，它们也幸存了下来，并且以极慢的进化速度生存着，也许这就是为什么龟的寿命会这么长，适应能力这么强的缘故吧。

龟的种类

龟的种类，按它们的生活环境不同可分为陆栖龟、水栖龟、半水栖龟、海栖龟、底栖龟五种类型。不同种类的龟，外部形态构造分别与其生活环境相应。如水栖龟四肢的趾和指间均具丰富的蹼（似鸭掌），以适应深水中生活；而陆栖龟类的四肢却粗壮呈圆柱形，以适应于在沼泽地和陆地上爬行；生活在大海中的海龟类，均具有桨状四肢，且都具有一对盐腺，以利将体内多余的盐分泌出来。

目前的海栖龟主要有八种：棱皮龟、红头龟、玳瑁龟、橄榄绿鳞龟、大海龟、绿海龟、黑海龟（太平洋丽龟）与平背海龟。所有的海龟都被列为濒危动物。最大型的海龟是棱皮龟，长达2米，重达1吨。最小的是橄榄绿鳞龟，有75厘米长，40千克重。海龟最独特的地方就是龟壳。它可以保护海龟不受侵犯，让它们在海底自由游动。除了棱皮龟，所有的海龟都有壳。棱皮龟有一层很厚的油质皮肤，呈现出五条纵棱。与陆龟不同的是，海龟不能将它们的头部和四肢缩回到壳里。像翅膀一样的前肢主要用来推动海龟向前，而后肢就像方向舵在游动时掌控方向。

按龟的食性可将龟分为动物食性龟、植物食性龟、杂食性龟三种。水栖龟类的食性一般为杂食性，如乌龟、黄喉拟水龟等；半水栖龟类多数为动物食性，如平胸龟、三线闭壳龟、金头闭壳龟，而黄缘盒龟、黄额盒龟却是杂食性；陆栖龟类大多为植物食性，如缅甸陆龟、四爪陆龟等。有些龟耐饥耐渴能力较强，可几年不食也不易死亡。

长寿的动物

人们都喜欢把龟叫做动物界里的“老寿星”。那么，龟的寿命到底有多长呢？《吉尼斯世界纪录》认定的世界上最长寿的龟是一只体态巨大的加拉帕戈斯陆龟“哈里特”，据说哈里特是在1835年时由科学家达尔文在加拉帕戈斯群岛发现的，当时它只有5岁。2006年6月23日，它因心脏衰竭而死，估计享年175岁。1971年，人们在长江里捕获过一只大头龟，它的背甲上刻有“道光二十年”(即1840年)字样，也就是说，从刻字的那年算起，到人们捕获的时候为止，这只龟至少也已经活了132年了。后来人们把它制成标本保存在上海自然博物馆里。

龟，虽然是动物世界中的“长寿冠军”，但是在整个龟类王国里，不同种类的龟，它们的寿命也是有长有短的。有的龟能够存活100年以上，也有的龟只能存活15年左右。即使是一些长寿的龟种，事实上也不可能个个都是“长命百岁”。因为从它们诞生的那天起，疾病和敌害就时时刻刻威胁着它们。此外，海洋环境污染和人类的过量捕杀，也在危害着它们的生命。

为什么龟会那么长寿呢？科学家们从龟的生活习性、生理机能等方面进行研究，揭开了龟长寿之谜：首先，乌龟的甲壳十分坚硬，遇到外敌时它们能将头尾和四肢缩到壳里保护自己；其次，乌龟平时是个瞌睡虫，爬行几步就会打盹，一天要睡上十五六个小时，这样新陈代谢就显得非常缓慢，能量消耗极少；再次，研究还发现，乌龟细胞的分裂代数要比其他动物细胞分裂代数多得多，人的细胞一般只分裂50代左右，而乌龟的可达110代；此外，龟较强的心脏机能，特殊的呼吸动作，也可能是龟得以长寿的原因之一。

奇特的龟壳

龟鳖类也有人通俗地称它们为“十三块六角”，这是因为其背上有13块明显的背甲，头、尾和四肢伸出来形成凸出的六只“角”。背、腹甲之间的连接的“桥梁”称为骨桥，位于甲的侧面，左、右各一，大多数龟鳖类都具有，死去以后除去壳内的软体部分和内骨骼，背、腹甲仍然可以连在一起，成为一个前、后开口的“空盒”。骨桥从前被摇钱卜卦者作为的卦具使用，大多数化石龟鳖类的完整背腹甲，也常相连保存，只是“盒”中大多已被岩石所填充，成为“实心的盒子”。

龟壳通过骨桥把腹背连在一起，这种情况在脊椎动物中是绝无仅有的。最先表明这种特点的化石出现在2.2亿年前的三叠纪时期，那时正是恐龙在地球上漫步的时期。自那时起，龟壳的花纹经历了各种各样的变化。非洲饼龟的壳扁平灵活，可以轻松地插入岩石裂缝中，然后开始膨胀，这样不会被敌人拉出来。软壳龟缺少坚硬的壳，但它们的头部覆盖着光滑的皮质外壳，能提升它们的速度。

龟类的背甲是一种被称为“盾片”的角质层，这些盾片是它表皮的一部分。构成盾片的材料是被称为“角蛋白”的纤维状蛋白质，它也是其他爬行类动物鳞片的构成物质。这些盾片大大加强了甲壳的强度。不过有的龟类没有长出角质的“盾片”，盖在骨质甲板上的是革质皮肤。如我们最熟悉的是“鳖”，它的“壳”就是皮质的，英文管“鳖”叫软壳龟。

鳄鱼成为原始爬行动物的“活化石”

鳄鱼是迄今发现活着的最早和最原始的爬行动物，它是在三叠纪至白垩纪的中生代(约2亿年以前)由两栖类进化而来,延续至今仍是半水生性凶猛的爬行动物。它和恐龙是同时代的动物,但科学家们相信,鳄鱼的起源时间比恐龙还要早,它目睹了爬行动物的兴衰、恐龙的兴亡以及鸟类和哺乳类的兴盛。恐龙的灭绝不管是环境的影响,还是自身的原因,都已成了化石。虽然鳄鱼顽强地坚持繁衍至今,但它历经劫难也使原来的大部分绝迹,只有少数幸存下来。所以,科学家也称它为"活化石"。

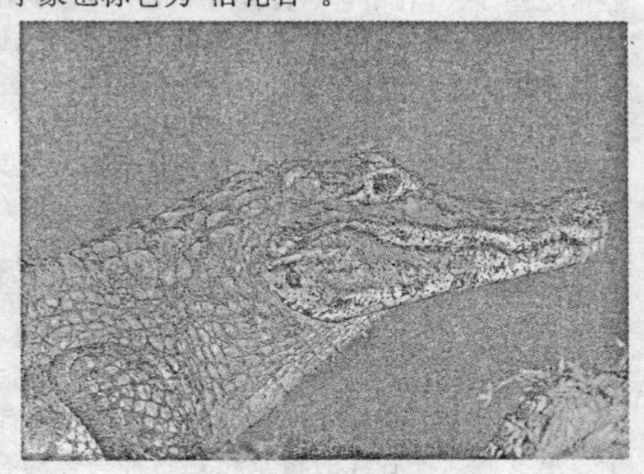

鳄 鱼

淡水鳄生活在江河湖沼之中,咸水鳄主要集中在温湿的海滨。它们一般身长4～5米,头部扁平,有个很长的吻,全身长满角质鳞片,长长的尾巴呈侧扁形,四肢短,前肢五趾,后肢四趾,趾间有蹼。乍一看那形象,还真和恐龙相差不多。

鳄鱼形象狰狞丑陋,生性凶恶暴戾,行动十分灵活。白天它一般伏睡在林阴之下或潜游水底,夜间外出觅食。它极善潜水,可在水底潜伏十小时以上。如在陆上遇到敌害或猎捕食物时,它能纵跳抓扑,纵扑不到时,它那巨大的尾巴还可以猛烈横扫,是个很难对付的"虫类之王"。

鳄鱼的遗憾之处是,虽长有看似尖锐锋利的牙齿,却是槽生齿,这种牙齿脱落下来后能够很快重新长出,可惜它不能撕咬和咀嚼食物。这就使它那坚强长大的双颌功能大减,既然不能撕咬和咀嚼,只能像钳子一样把食物"夹住",然后囫囵吞咬下去。所以,当鳄鱼扑到较大的陆生动物时,它不能把它们咬死,而是把它们拖入水中淹死;相反,当鳄鱼扑到较大的水生动物时,又把它们抛上陆地，使猎物因缺氧而死。在遇到大块食物不能吞咽的时候，鳄鱼往往用大嘴"夹"着食物在石头或树干上猛烈摔打，直到把它摔软或摔碎后再张口吞下；如还不行，它干脆把猎物丢在一旁，任其自然腐烂，等烂到可以吞食了，再吞下去。正因为鳄鱼的牙齿不能嚼碎食物，所以"上帝"又让它生长了一个特殊的胃。这只胃的胃酸多而酸度高，使鳄鱼的消化功能特别好。此外，鳄鱼也和鸡一样，经常吃些沙石，利用它们在胃里帮助磨碎食物，促进消化。

一般来说，人们印象中的鳄鱼总是冷酷无情和凶残成性，其实这是一种误解。回顾鳄鱼的演化史，不仅有像帝王鳄和恐鳄这样凶残的肉食者，还有许多温顺的植食性鳄鱼。我国湖北 1.1 亿年前生存的一种鳄鱼，就是以植物为食的。除此之外，在世界其他地方也发现过一些植食性鳄鱼，如马达加斯加的奇异鳄鱼。

其实，很多肉食性鳄鱼并不凶残。在现生的二十多种鳄鱼当中，只有两种是吃人不眨眼的"食人鳄"。一种是鳄鱼中的"巨人"——现生鳄鱼中唯一能在海中生活的湾鳄，它的体长一般有 6～7 米，最大的据说有 10 米；另外一种是产于非洲的尼罗鳄。

鳄鱼这种冷血爬行动物也有温柔的一面。所谓"虎毒不食子"，尼罗鳄抚育后代的情景正是这样。母鳄在小鳄出壳后，会把所有的小鳄放在自己嘴里，带它们去水中玩耍和觅食。平时，尼罗鳄的血盆大口是屠杀包括水牛这样的大动物的凶器，这时却变成了小鳄温馨的"摇篮"，这就是生物构造的多功能性的极端表现。

另外，鳄鱼看似凶恶，其实它胆子很小。有的小鳄鱼甚至会因受惊而生病，如中国扬子鳄，性情非常温和，一遇到有人走近，它立即钻洞躲藏。鳄鱼很少主动袭击人类，相反，经过训练，它还可以与人合作表演。任人抚摸、亲吻、骑乘，甚至张大嘴巴让人把头伸进去，以此惊险动作供人观赏。

帝王鳄

众所周知，鳄鱼是一种令人类感到恐惧不安的动物。身长 6 米的湾鳄称得上是体型最庞大的鳄鱼了，但人们很少知道曾经在地球上还出现过一种比现今鳄鱼还要大得多、还要可怕得多的鳄鱼，它就是生活在 1.1 亿年前白垩纪的帝王鳄。

帝王鳄无疑是史前最可怕的终极杀手之一。这种身长可以达到 12 米的巨鳄体重竟达到了 10 吨左右。在它居住的河塘边就连当时称霸的恐龙都不敢擅自闯入它的领地。当恐龙口渴难忍来到河塘边全神贯注的喝水时，帝王鳄会趁它不注意猛然张开它那张巨口，一下子咬住恐龙的身体，直至恐龙没有反抗之力，再把恐龙吃掉。

这类鳄鱼之所以能捕食恐龙，主要因为它有着非常特殊的身体构造。它的鼻子末端长着一个巨大的、球根状的突起，突起里面有一个空腔。这使它的嗅觉异常灵敏，并能发出奇异的声音。而且，这种超级鳄鱼的牙齿也非同一般。与一般以鱼类为生的动物相比，它的下颌牙不仅与上颌牙互相交错，而且能精确无误的嵌入其中。在 100 多颗牙齿当中，一排门牙能咬碎骨头，撕裂像恐龙一样巨大的猎物。帝王鳄的眼睛还有一个很独特的构造，能使它长时间生活在海岸边——帝王鳄的眼窝底部朝上转，这样能大量增加目视范围。除此之外，鳄鱼的皮肤上还长有一层片状骨质“铠甲”。这些“铠甲”不仅像树的年轮一样标志着鳄鱼的年龄，而且能保护鳄鱼在捕食猎物时免受伤害。

尼罗鳄

现存的著名“冷血杀手”当属尼罗鳄了，这是一种较大体型的鳄鱼，平均体长 3.7 米，大者可超过 5.5 米，有不确切的纪录则长达 7.3 米。尼罗鳄是分布最广泛的鳄之一，在非洲大部分水域都能见到，在马达加斯加岛也有分布，有些种群生活于海湾环境中，在不同地区生活着不同的亚种，这些亚种彼此之间略有区别。

尼罗鳄以凶猛著称，可以捕食包括人在内的大型哺乳动物，也捕食鱼、鸟和小型鳄鱼等。鳄生性凶猛是鼎鼎有名的，但你知道它们是如何捕食猎物的吗？其实它们的秘密武器是它们那又长又粗的尾巴。当它们见到牛、羚羊、鹿等哺乳动物在河边饮水的时候，会悄悄潜水过去，突然将铁鞭一样的尾巴向上一扫，立即把猎物打入河内，然后它们张开大嘴，饱餐一顿。其他一些鳄类也能用类似的方法伤害人畜。

扬子鳄

扬子鳄是我国特有的珍稀动物，已濒临灭绝。我国已经把它列为国家一级保护动物。扬子鳄又称中华鳄，因为扬子鳄是恐龙的“堂兄弟”，所以它的俗名又叫猪婆龙或土龙。

扬子鳄以蛤蟆、鱼、蛙以及鼠类为主食。兔子会跑，鱼儿会游，鸟儿会飞，而扬子鳄的脖子只能转动15°，所以它捕食时，若不耍一点“阴谋诡计”是不可能捕到猎物的。它捕食猎物时，把尾巴和头隐藏在水中，只露出像木块似的背部，当猎物停落在它那像木块的背上晒太阳时，它的身体就会慢慢下沉，最后，只露出紧闭的嘴巴，猎物就会朝没水的地方爬，一直爬到扬子鳄的嘴边。这时，猎物还不知道自己已危在旦夕，只见扬子鳄张开大嘴，猎物“咕噜”地滚入嘴里，霎时便成了它的美餐。

扬子鳄喜欢栖息在湖泊、沼泽的滩地或丘陵山涧长满乱草蓬蒿的潮湿地带。它具有高超的挖洞打穴的本领，头、尾和锐利的趾爪都是它的打洞打穴工具。俗话说“狡兔三窟”，而扬子鳄的洞穴也超过三窟。它的洞穴常有几个洞口，有的在岸边滩地芦苇、竹林丛生之处，有的在池沼底部，地面上有出入口、通气口，而且还有适应各种水位高度的侧洞口。洞穴内曲径通幽，纵横交错，恰似一座地下迷宫。也许正是这种地下迷宫帮助它们度过了严寒的大冰期和寒冷的冬天，同时也帮助它们逃避了敌害而幸存下来。

蜥蜴类和蛇类的出现

我们将蜥蜴类和蛇类合称为有鳞类，蛇是从蜥蜴类中演化出来的。确切无疑的有鳞类化石，最早发现于中侏罗纪。蜥蜴类在地史中刚一出现就已经多种多样了，早在晚侏罗纪时，就发现了有鳞类中三个类群的化石记录。结合楔齿蜥的起源时间，推测最早的有鳞类应该至少在三叠纪就已经出现。有鳞类从中侏罗纪开始迅速发展，以后在早白垩纪时，伴随最早的蛇类的出现，这个类群又有了一次大发展。曾经普遍认为蛇起源于掘穴的蜥蜴，近年来又有人认为蛇起源于海洋，与沧龙密切相关。一般认为，现代蜥蜴中巨蜥类与蛇类最接近。蛇的祖先可能在侏罗纪时就从蜥蜴中分出来，可能与巨蜥类基干类群关系最近。

蜥蜴类形态特征

蜥蜴类和蛇类是现存爬行动物中最兴盛的类群，分布于世界大部分地区。现存蜥蜴约3000种，而蛇类有大约2400种。现代蜥蜴中最大的要数印度尼西亚的科摩多龙（也有称科摩多巨蜥），能长到3米多，捕食鹿和猪。在澳大利亚发现的巨蜥化石则有科摩多龙的两倍大。但蜥蜴中最大的还数沧龙，这是晚白垩纪的一种海生蜥蜴，有的个体长度可以超过10米。沧龙有着长长的尾巴，几乎占了身体的一半长。曾经发现过几百件保存极为精美的沧龙化石，但没在成年沧龙的体内发现过幼仔，估计它们和海龟一样还得回陆地下蛋。

蜥蜴是变温动物。在温带及寒带生活的蜥蜴于冬季进入休眠状态，表现出季节活动的变化。在热带生活的蜥蜴，由于气候温暖，可终年进行活动。但在特别炎热和干燥的地方，也有夏眠的现象，以度过高温干燥和食物缺乏的恶劣环境。可分为白昼活动、夜晚活动与晨昏活动三种类型。不同活动类型的形成，主要取决于食物对象的活动习性及其他一些因素。

大多数蜥蜴吃动物性食物，主要是各种昆虫。壁虎类夜晚活动，以鳞翅目等昆虫为食物。体型较大的蜥蜴如大壁虎也可以小鸟、其他蜥蜴为食物。巨蜥则可吃鱼、蛙甚至捕食小型哺乳动物。也有一部分蜥蜴如鬣蜥以植物性食物为主。由于大多数种类捕吃大量昆虫，蜥蜴在控制害虫方面所起的作用是不可低估的。很多人以为蜥蜴是有毒动物，这是不对的。全世界蜥蜴中，已知只有两种有毒毒蜥，隶属于毒蜥科，且都分布在北美及中美洲。

许多蜥蜴在遭遇敌害或受到严重干扰时，常常把尾巴断掉，断尾不停跳动吸引敌害的注意，它自己却逃之夭夭。这种现象叫做自截，可认为是一种逃避敌害的保护性适应。我国壁虎科、蛇蜥科、蜥蜴科及石龙子科的蜥蜴，都有自截与再生能力。

有的蜥蜴变色能力很强，特别是避役类以其善于变色获得“变色龙”的美名。另外，大多数蜥蜴是不会发声的。壁虎类是一个例外，不少种类都可以发出宏亮的声音。蛤蚧鸣声数米之外可闻。壁虎的叫声并不是寻偶的表示，可能是一种警戒或占有领域的信号。

蛇类形态特征

蛇是爬行动物中进化最快的类群。蛇类有红外线感受器，如存在于蝮蛇类的颊窝和大多数蟒的唇窝，它们是热敏器官，对周围环境温度变化极为敏感，能在数十厘米的距离内感知 0.001℃的温度变化。这样它们就能在夜间准确地判断哺乳类或鸟类的存在及位置。蛇的这类捕食行为，还有蛇的专门用来捕捉温血动物的某些头骨结构都表明，蛇的进化可能与当时哺乳动物的多样化密切相关。

许多蜥蜴有躯干延长、四肢退化的趋势，而这种趋势在蛇中发展到了极至。蛇的脊椎数目可达 500 块，尾前椎数 120～454 块。现代蛇基本没有了四肢：肩带和前肢完全退化，仅蟒中有后肢残余，盲蛇有腰带的残迹。人们用“画蛇添足”来比喻做事多此一举。但是如果算上化石，画蛇添足就未必错误了。例如，近年来在以色列发现的 9500 万年前的蛇化石，从头骨看可以归入典型的蛇类，却还保留了几乎完整的后肢。

蛇的外耳已经没有了，不过里面的方骨和镫骨还在，它们直接从地面获取声波。声波在固体中比空气中传播要快得多，所以蛇类对地面的微弱振动极为敏感。

我们常用“蛇吞象”比喻贪心不足，即使是最长的蛇，如拉丁美洲的网蟒 10 米长，或最重的蛇，227 千克的水蟒，也不可能吞下大象。不过这句话也有其来由，蛇口可以张开很大，达到 130 度角，这时候就能吞下比蛇头大几倍的食物，如眼镜蛇吃鼠、蟒蛇吞山羊等等。

不少人提到蛇就会感到毛骨悚然，这一方面是害怕毒牙的伤害，另一方面是其体表色彩斑斓，让人觉得形态可憎。很多毒蛇颜色鲜艳，身体具有色彩不同的环纹，意思是“小心点，别惹我”，真应了“打退不如吓退”的兵法精髓。早期的蛇大多靠窒息来杀死猎物，就像今天的蟒一样：缠绕在猎物胸部，逐渐收紧，直至猎物断气。

蛇一般是不会主动对人进攻的，除非你打到了它的身躯。如果你的脚踩上了它的时候，它会本能地马上回头咬你脚一口，喷洒毒液，令你倒下。当人们行走在山路上，“打草惊蛇”在此用得很恰当。你手执一根木棍，有弹性的木棍子最好。边走边往草丛中划划打打。如果草丛有蛇，会受惊逃避的。用硬直木棒打蛇是最危险的动作，因为木棒着地点很小，不容易击倒蛇。软木棒有弹性，打蛇时木棒贴地，蛇击中可能性更大。蛇打七寸，这是蛇的要害部位，打中此部位，蛇动弹不了。

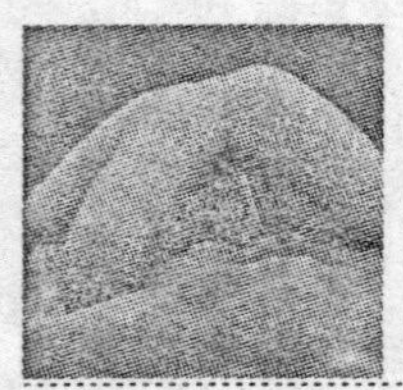

保护海洋生命

BAOHUHAIYANGSHENGMING

古希腊神话中记载了这样一个故事。达摩克利斯是暴君迪奥尼斯修的宠臣，他经常谦鄙地恭维帝王多福。但迪奥尼斯修却请他坐到自己的宝座上，并用一根马鬃将一把利剑悬在他的头上，使他晓知帝王的忧患。以后“达摩克利斯剑”就成为“大祸临头”的同义语。今天，当人们拼命向大海索取的时候，是否也意识到大自然这位上帝，高悬在人们头顶上的那把惩罚之剑了呢？

当时代的车轮滚滚驶入21世纪初叶，昔日温顺、驯服、为人类慷慨提供鱼盐之利和舟楫之便的大海，变的愈来愈不安分，愈来愈暴戾，愈来愈桀骜不驯。我们正面临着一场海洋污染危机，这是危害深远的灾害。

现在摆在人们面前有两条道路：一是让任意排污、破坏生态的做法继续下去，其结果会使业已污染的海洋环境进一步恶化；一是保护好海洋的健康，维护生态平衡，变恶性循环为良性循环，从而使海洋环境保护与开发利用海洋资源在健全的基础上得到稳步而持久的发展。

两种做法，两种结果，两种前途。通往美好未来的道路仍旧畅通，问题在于我们是否有足够的勇气、足够的理智扫清这条道路。

我国的海洋战略

我国海洋国家利益的最高战略是开发半壁蓝色疆土，实现海洋大国向海洋强国的跨越，既是海洋国家利益的最高战略选择，也是实现中华民族伟大复兴的必由之路。必须从我国的实际出发，着眼21世纪全球发展大格局，把制定海洋强国战略和西部大开发结合起来，以改革开放前沿阵地——东部沿海经济开放区域为轴心，向两翼拓展，西部大开发，海洋海岛大开放，形成一个强有力支撑带下的比翼双飞格局。其最高目标是：到21世纪中叶，使以占我国国土面积约1/4的海洋国土为主要开发对象的海洋经济增加值达到国内生产总值的1/4，使海防力量进入世界海洋军事强国之列，从而使我们拥有一个在约300万平方千米蓝色国土上耸立起来的“海上中国”。

具体分三个阶段实施：第一阶段，2006～2020年为起步阶段。海洋经济增加值占国内生产总值的10%左右，海防装备的现代化水平明显提高。第二个阶段，2021～2035年为全面发展阶段。海洋经济增加值占国内生产总值的18%左右，海防现代化水平进入区域性海洋军事强国之列。第三个阶段，2036～2050年为海洋事业全面腾飞阶段。海洋经济增加值占国内生产总值的25%以上，海洋国防实现现代化，海洋强国建成。

一是实施五大海洋建设工程，加快海洋开发。国家组织实施海洋农牧化建设工程、海洋能源基地建设工程、港口和海运开发工程、滨海旅游开发工程、海洋综合开发工程，加快海岸带、中国海域及大洋资源的开发利用，加快港口经济和区域经济的发展步伐。

二是积极应对海洋安全战略新挑战。21世纪中、美、俄间的战略关系走向，将直接影响中国安全战略的确定。美国要维护其世界霸主地位，我国要成为中等发达国家，这将使中美之间出现战略走向矛盾。今后中美之间将长期处于一种既有合作又有竞争、既有妥协又有斗争的不稳定建设战略伙伴关系状态。2001年6月中俄倡导的上海合作组织的成立，标志着陆塞长期睦邻友好关系的形成，这为国防战略重点的转移提供了现实基础。国防战略应调整为海陆并举，重点发展海空军，强化对中国海的制海、制空权；加强航空母舰、核潜艇和移动核武器的制造，增加抑制战争的杀手锏，改变海上力量对比的不平衡状况。鉴于渤海海峡的特殊安全战略地位，国家尽快实施蓬莱、长岛至旅顺的大桥、海底隧道枢纽工程建设。设立南海特区，加强对南中国海的主权控制及资源开发。特区设在西沙或海南岛，直属中央政府。特区实行军、政合一管理体制，享受国家自由经济开发区政策。加大海岛开放力度。鉴于海岛的特殊战略地位，国家应制定让海岛享受比沿海经济特区更加优惠的开放政策，使海岛成为我国第一层次的对外开放区。对于地处国防前哨又具有重要开发价值的岛屿，如山东的长岛等，国家应实施特殊开放政策，促使其超常规发展。

三是构筑21世纪我国海洋人才制高点。21世纪海洋将成为全球竞争的焦点。现代海洋开发的深度和广度取决于海洋科学技术的突破和进展程度。海洋领域的竞争，无论是政治的、经济的还是军事的，归根到底是科技的竞争。海洋科技竞争领域表现最激烈的是人才争夺战。构建有利于培养、吸引、留住海洋人才的软、硬环境，优化发展海洋教育，提高海洋从业者的素质，成为当前我国构筑21世纪海洋人才制高点的首要迫切任务。

四是再造中国海生态的良性循环。目前，我国海洋开发中资源浪费、环境污染、生态环境破坏严重，海洋可持续发展面临着严峻的危机和挑战。海洋可持续发展势在必行。要从强化全民的海洋可持续发展意识，积极推进依法治海，合理利用海洋资源，提高海洋开发的科技水平，加强海洋生态环境整治与保护入手，加大工作力度，尽快使我国海洋可持续发展步入良性轨道。当前十分紧迫的任务是海洋生态环境整治与保护，要以渤海综合治理为突破口，在全国实施“碧海工程”，打一场整治与保护海洋生态环境的人民战争。

五是强化海洋综合管理，加速与国际接轨。1996年5月15日，第八届全国人大常委会第19次会议通过决定，批准了《公约》。《公约》的生效，为我国开发、利用海洋提供了更加广阔的空间，为我国加强海洋管理提供了国际法律依据，标志着我国海洋事业全面走向依法治海、面向世界和发展经济的轨道。因此，强化海洋综合管理，加速与国际接轨，是建设海洋强国必不可少的外部要件。

大海也要法律保护

我们今天所面临的海洋环境污染问题，主要原因之一是缺乏管理或管理不善造成的。据一份资料介绍，我国由于管理不善而造成的海洋污染约占30～50%。这就是说，只要加强管理，许多海洋污染问题不需要花多少钱就可以得到控制和解决。而强化管理最关键的是立法，法规给大家提供了一个共同遵循的行为准则。俗话说“没有规矩，难成方圆”。古往今来，概莫如此。

古代环境立法是指十八世纪产业革命前，人类为保护赖以生存的水、土地、森林、草场、鸟类等环境因子而进行的立法。也有少数公共环境卫生、空气保护方面的立法。古人通过长期的生产实践认识到，刀耕火种、不合理垦荒、森林草原破坏会导致严重的水土流失、河流泛滥、风沙和土地盐渍化，鸟类的过量或不合理捕杀会影响狩猎业并引起虫灾，危害农业。因此，有必要运用法律手段加以制止或保护。

国外古代环境立法开始于公元前20世纪的楔形文字时代。《伊新国王李必特·伊斯达法典》最早规定了对荒地和林木的保护。公元前18世纪古巴比伦王国的《汉漠拉比法典》规定了对荒地、耕地的利用和保护。公元前15世纪近东的《赫梯法典》规定了对林木、树苗、果园的保护，违法者将送国王法庭审理或予以罚款。古罗马帝国公元前450年颁布的《十二铜表法》规定禁止滥伐森林。公元688年，西撒克逊国王伊尼颁布的《伊尼法律》规定对草地、林地、树木予以保护，违者处以6便士至60先令的罚款，并负责赔偿所有人的损失。总之，公元11世纪前，各国的环境立法主要是保护具有财产意义的环境，如森林、土地、果园等。11世纪以后，人类对环境施加影响的范围和程度不断扩大，环境立法开始涉及到非财产性质的环境，如水体、空气、公共卫生等。如1215年颁布的《英国大宪章》第五条规定对渔业水体、湿地予以保护。1306年英国国会发布文告，禁止伦敦工匠和制造业主在国会开会期间用煤燃烧，以防止空气污染。值得一提的是，1661年，英国J·爱凡林出版了世界上第一部环境保护方面的著作——《驱逐烟雾》。在当时，该书实际上起了空气保护立法的作用，并对后来英、美、法、德等西方国家乃至大陆法系国家的大气保护立法产生了积极的影响。

我国历史渊源流长，环境保护及其立法也有着悠久的历史。早在远古时代，就有"女娲补天"和"大禹治水"等神话传说。这些神话，反映了人类在蒙昧时代对征服自然、改造自然的强烈欲望。2800多年前，周文王就曾发布《伐崇令》，规定"毋坏屋，毋填井，毋伐树木，毋动六畜。有不如令者，死无赦"。其中还有要求按季节封山，在草木鸟兽繁衍时不准采猎，禁止用毒箭狩猎的规定。在夏代，曾规定"春三月，山林不登斧(斤)，以成草木之长；夏三月，川泽不入网略。以成鱼鳖之长。"周代规定"国君春田不围泽；大夫不掩群"。这条规定表明，对于野生动植物的猎取，不仅因人而异，且有时间限制，即便是国君在春天捕鱼打猎时也不能竭泽而鱼或合围捕杀。战国时代的管仲在齐国执政时，为了发展经济，保障供给，制定过严酷的法令保护自然环境。他认为"为人君而不能谨守其山林菹泽草果，不可认为天下王"；还规定"苟山之见荣者，谨封而为禁。有动封者罪死而不赦。有犯令者，左足人，左足断，右足人，右足断"。

从周、秦以后，我国历朝历代差不多都颁布过某一方面的环保法令。南北朝时期(公元467年)，明令禁止不按季节捕鸟的做法；北齐后主天统五年(公元569年)发布命令，禁止用网捕猎鹰鹞和观赏鸟类；唐高祖武德元年(公元618年)发布命令，禁献奇禽异兽；宋太祖建隆二年(961年)提出禁止春夏两季捕鱼射鸟；辽道宗清宁二年(公元1056年)发布命令，在鸟兽繁殖季节，禁止在郊野纵火；清朝《大清律》中也规定对"盗陵园树木"者予以刑事制裁。

在今天我们看来，中、外古代环境立法非常简单，但它在保护各国人民的生存环境中却起了不可估量的作用，并对近代乃至现代环境立法产生了某些积极的作用和影响。

我国的海洋环境保护法

我国海洋环境立法从萌芽、形成到发展，经历了艰难曲折的路程。从1949年至今可以划分为三个阶段：

第一阶段(1949～1972年)的海洋环境立法与当时我国的经济状况与人们对海洋环境的认识是相适应的。在这期间，我国尚未形成海洋环境保护的概念，更没有明确提出海洋环境保护的任务。尽管如此，人民政府已开始注意这方面的问题，并在法律和政令上有所反映。早在1950年12月22日政务院通过的《中华人民共和国矿业暂行条例》规定，在炮台、要塞、军港等圈定地区内、非经有关主管机关许可，不得划作矿区。1955年《国务院关于渤海、黄海及东海机轮拖网渔业禁渔区的命令》规定“保护我国沿海水产资源”。1957年8月16H”《水产部关于转发“国务院关于渤海、黄海及东海机轮拖网渔业禁渔区的命令”的补充规定》对禁渔区的方位、面积、时间均作了详细的规定和说明。同年，为了深入贯彻执行国务院的规定，保护海洋渔业资源，打击不法之徒，水产部颁发了《关于渔轮侵入禁渔区的处理指示》。

在此需要指出，五十至六十年代初，我国国民经济尚处于恢复和初期发展阶段，海洋污染还不明显，保护海洋环境的法规不具有专门性，就连包括在其它有关法规文件中的零星规定也是微乎其微。而且，这些规定多出自国家机关的通知、指示、命令等。此外，这段时间颁布的有关规定均系保护海洋生态资源为主要内容和出发点的，而未涉及海洋环境的保护和污染治理。

第二阶段从1973年第一次全国环境保护会议至1982年全国人大常委会通过的《中华人民共和国海洋环境保护法》颁布之前。1973年，大连湾污染告急：涨潮一片黑水，退潮一片黑滩，鱼虾死亡，滩涂荒废，养殖业受挫，港口淤塞，堤坝损失严重。类似的情况也不同程度也出现在胶州湾、锦州湾、渤海湾、长江口、珠江口IIQIQO。为了防止海洋污染，在敬爱的周总理直接关怀下，于1973年召开了第一次全国环境保护工作会议，这可以说是中国人对环境污染敲响起的了第一声警钟。会议通过的《关于保护和改善环境的若干规定》明确指出：我国环境保护的基本方针是“全面规划，合理布局，综合利用，化害为利，依靠群众，大家动手，保护环境，造福人民”，要“加强水系和海域的管理”，并规定“交通部要制定防止沿海水域污染的规定”。这是对包括海洋环境保护工作的范围、任务及相应措施在内的方针性、政策性规定。它在1979年我国环境保护法颁布之前，实际上一直起着环境法的作用。1974年，国务院颁布了《中华人民共和国防止沿海水域污染暂行规定》，对防止油类和其它有害物质污染水域作了比较具体的规定。

1978～1979年，我国海洋环保史上发生了两件具有重大意义的事情：1978年12月，第五届全国人民代表大会第一次全体会议通过了《中华人民共和国宪法》；在这部大法中规定：国家保护环境和自然资源，防止污染和其它公害。这是新中国历史上第一次在宪法中对环境保护作出的规定，为我国海洋环境保护法制的建设奠定了基础。1979年，我国环境保护的基本法二《中华人民共和国环境保护法（试行）》问世，它从法律上确立了我国环境保护的基本政策和方针，对保护我国环境（包括海洋环境）作出了原则性规定。该法的颁布实施有力的促进了我国海洋环境保护事业的顺利发展，并为我国海洋环境立法提供了重要依据。

在此期间，国务院和有关部门也制定了一系列有关海洋环境保护的法规和标准，如《水产资源繁殖保护条例》(1981)、《对外国船舶的管理规则》(1979)、《海上石油污染防范措施》(1980)、《中华人民共和国国境口岸卫生监督办法》(1981)、《建设项目环境管理办法》(1981)、《违犯渤海区水产资源保护法规处理办法暂行规定》(1980)、《海水水质标准》(1982)、《渔业水质标准》(1979)等。

这个阶段的主要特点是，我们对海洋环境保护和立法，经历了从不认识到逐渐有所认识、从知之不多到知之较多这样一个过程；第二是海洋环保战略思想的转变，国家有关部门在讨论大政方针时，都把环境保护当作一条战略方针来对待；第三是环境保护法规明确规定“谁污染，谁治理”的原则，为以后海洋环保法的顺利颁布奠定了基础。但是，此期间还未全面的对海洋环境进行系统立法，只就某些特定污染作出某些规定。

第三个阶段是从1982年8月23日全国人大常委会通过《中华人民共和国海洋环境保护法》直到现在。1982年是我国海洋环境保护走上法制道路上最关键的一年:在这一年,国务院召开了第二次全国环境保护工作会议,把环境保护定为我国的基本国策,为我国海洋环保奠定了坚实基础;在1982年五届人大五次会议通过的国家新宪法中明确规定,"国家保护和改善生活环境和生态环境,防止污染和其它公害"。这个规定比过去的宪法规定更全面、更明确。

1982年8月23日第五届人大常务会议第二十四次会议通过,1983年3月1日正式生效的《中华人民共和国海洋环境保护法》,是我国立法机关制定的第一部综合性海洋环境保护法律,是保护海洋环境的基本法。它的颁布实施,为海洋环境保护确立了基本的原则和制度,标志着我国海洋环境保护和立法实践步入一个新阶段。

这部海洋环境保护的大法总结了我国海洋环境保护几十年风风雨雨所获得的实践经验,参考、吸取了外国有关法规要点和精华,对我国海洋环境方面现存的和未来的重大问题都作了全面的阐述;其二是从具体国情、国力、海情出发,上承宪法中有关环境保护的规定,下缆现行所有有关海洋环境保护的行政法规;其三是宗旨明确,"保护海洋环境及资源,防止污染损害,保护生态平衡,保障人体健康,促进海洋事业的发展",坚持贯彻了海洋开发与保护协调发展的原则、以防为主原则以及国家对海洋的主权原则;最后本法也注意到与国际公约和有关的国内法规相互协调。其中有关船舶的规定,同我国现行的《中华人民共和国船舶管理规定》和国际上现行的《国际油污损害民事责任公约》是协调一致的,同时也照顾到1983年生效的73/78《防止船舶污染国际公约》和《伦敦倾废公约》。

鉴于造成我国海域的主要污染是:沿海城市和工矿企业随意向海洋排放污水、废渣对海洋环境的污染(即陆源污染);在兴建码头、港口,开发利用滩涂以及其它海岸工程中对海洋环境的损害和污染;在勘探开发海洋石油、天然气过程中对海洋的污染;船舶排污对港口和沿海水域的危害;倾倒废弃物对海洋环境的污染。海洋环保法对这五种主要污染源的控制分别作了相应的规定,提出了对策和措施。

为从组织机构上保证该法得以正常运行实施，该法明确规定，全国海洋环境保护工作由国务院环保部门负责主管，并明确了其它有关国家机关在海洋环境保护方面的具体职责。

为了更好的完善海洋环境立法系统，强化海洋环保法的法律效能，国务院于1983年后相继颁布了一系列与海洋环境保护相关的法规：如《中华人民共和国防止船舶污染海域管理条例》、《中华人民共和国海洋石油勘探开发环境保护管理条例》、《中华人民共和国海洋倾废管理条例》、《中华人民共和国海岸工程管理条例》、《中华人民共和国陆源污染物控制管理条例》，分别就防止海洋石油勘探开发、船舶、倾废、海岸工程和陆源污染物造成的污染作出了具体规定，从而使海洋环境保护法的有关规定更加具体化和更加完善。

与此相适应，这一时期，我们还制定和颁布了一系列海洋环境标准和法律实施细则。它们是进行海洋环境监测，搞好海洋环境管理的法定依据，是环境立法的重要内容。从七十年代起，我国就开始制定有关控制海洋污染的标准。海洋环保法颁布实施后，又相继制定了《船舶污染物排放标准》、《石油开发工业废水污染物排放标准》、《石油炼制工业废水污染物排放标准》、《废弃物海洋倾倒标准(试行)》等。同时，国家海洋局、国家环保局等部门于1990年后相继制定了《海洋倾废管理条例实施细则》、《海洋石油勘探开发环境保护条例实施细则》、《陆源污染物防治条例实施细则》等规定。

为了因地制宜地解决本地区的环境问题，一些沿海省市也相继制定和颁布了地方环境法规和行业规章。如《浙江省出海船舶、港口治安暂时规定》、《大连市防止拆船污染环境的规定》、《南通市海水水质环境质量标准》、《辽宁省污水排海标准》、《上海石油化工总厂处理出水指标》、《轻工业环境保护工作暂行条例》等。

综上所述，目前，我国已具备比较坚实的保护海洋环境的法律基础，又制定了若干专门性海洋环境法规和标准。我国海洋环境保护法律体系初具雏形，使我们基本上步入有法可依、有章可循的轨道，为依法治海、依法治污染铺平了道路。

依法"治"海结硕果

上世纪70年代末开始的那场改革开放，给中国的法制建设注入了新的血液，带来了新的生命和希望。各级干部在忧国忧民的演讲和呐喊中，使用最多的词是："依法治国，依法治省，依法治市，依法治水，依法保护野生动物……"总之，依法办一切事情。

法制已使中国经济建设跨上腾飞的骏马，法制已使社会犯罪率降低，法制也使社会安定、国泰民安。它是否也能成为中国海洋环保事业发展的契机？

地跨渤海、黄海的山东省，海岸线漫长，人口众多，工矿企业污染严重，近岸、河口、港湾污染事故不断告急。近几年来，山东省依靠法的威力，强化监督管理，提高执法水平，促进了海洋污染治理。1990年，全省完成"七五"翻番的目标，而海洋环境质量仍维持在八十年代初的水平，污染没有随经济翻番而"翻番"，反而稳中有降。他们以实实在在的成绩对这个问题作出了肯定的答复：能！

为实现"依法治省"的目标，山东省政府将1990年确定为"依法行政"年。海洋环保行政包括：海岸工程建设项目的环境影响评价和审批，老污染源限期治理，征收排污费，查处污染事故和污染纠纷以及自然生态方面的监督管理等一系列执法内容，这是山东乃至全国依法行政中的"敏感地带"和"热点难点"。对此，全省各级环保部门知难而上，把解决这些难题作为检阅环保队伍素质，提高执法水平的良好时机，采取了一系列强有力的措施。

他们首先大力组织学习，宣传《海洋环保法》，学深吃透执法依据。1990年，仅省里就先后推出11项大型活动。省人大、省政府专门召开了电话会议作出全面布署，省环委会邀请法学专家为实施新的《环保法》出谋划策，省政府召集全省各地的市长、专员讨论如何依法行环保之政；有关部门对594个大中型企业的厂长、经理进行了"环保法"测试，大大提高了他们对环境保护的忧患意识。

环境保护意识的提高不啻是一场观念革命，深刻地改变着各级领导的纯经济观点，也正在不断成为他们创造环保业绩的实际行动。"有法无法不一样，学与不学不一样"，这是一位县长的现身说法。

这位县长原来是位地道的环保“反对派”。有一个项目，县环保办表示异议，他愤然道：“过去我让你环保办睁一只眼，闭一只眼，今天，我让你两只眼睛都给我闭上！以后再上新项目，只要计委、工商、银行批了就行”。就是这样一位县长，学习了环保法后，竟“痛改前非”，不但反悔了过去，而且亲自领导环保，爱上了环保，成了环境保护的热心人。全县环保工作大大改观了，污水、废渣入海量也相应减少了。

为了使大海永葆青春，除了提高人民的海洋意识和生态观念以外，更要紧的是，让法律成为大海的保护神，使海洋从任人宰割的“俎上之肉”的困境中摆脱出来。“打击一个，教育一片”，往往会收到事半功倍的效果，让大家都知道海洋环保法不是“银样镴枪头”，而是能。降龙伏虎”的法宝。从一例震撼全国的养虾污染损害案件中，可以看到海洋环保法正在发挥其应有的功能。

1987 年 7 月，大连市皮子窝化工厂未经有关部门批准，私自将含有铅、锌、镉等有毒有害物质的化工垃圾倾垫在该厂自养虾场“百万大圈”的坝上。同年 8 月，这些垃圾被海浪冲刷入水，造成虾圈大批养殖虾死亡，亩产量才 8 斤。1988、1989 两年，该厂继续向虾圈投放虾苗，仍收获甚微，证明养虾水质已受到严重污染，不适宜养虾。

在这种情况下，又时值养虾热的高潮，该厂将位于“百万大圈”西北边的虾圈租赁给丹东市运动服装厂（原告），并在合同中规定，皮子窝化工厂抽取“百万大圈”中的水和潮头水供原告养虾，对原告隐瞒了水质已严重污染的事实。原告在不知实情的情况下投苗养虾，当年就出现死亡现象，亩产较当地平均水平低 145 斤。原告怀疑水质问题后，向皮子窝化工厂提出化验水质要求，该厂不予置理。1989 年，原告租赁的虾圈继续出现死亡现象，亩产较当地平均水平低 180 斤。

1990 年，原告就养虾水质问题诉诸法律，但皮子窝化工厂坚决否认所提供的养虾水质存在污染问题。大连市中级人民法院就此委托大连市环境监测中心站进行鉴定。结果表明：皮子窝化工厂倾垫坝上的化工垃圾中，铅含量超过沉积物正常值的 58 倍，锌含量超过 31 倍。原告虾圈大部分底质中的铅含量为标准的1～10

倍。鉴定认为，皮子窝化工厂违犯了《海洋环境保护法》、《倾废管理条例》和《渔业水质标准》等有关法规，对养殖区域构成了污染损害和影响。辽宁省海洋水产所的鉴定认为：铅、锌含量显著超标，是原告养虾减产的重要原因。

在无可争辩的事实基础上，市中级人民法院于 1990 年 7 月 7 日对该地区有史以来最大的一起海洋污染案件作出判决。大连皮子窝化工厂赔偿原告 162 万元经济损失，该厂租赁虾圈给原告的合同宣布无效。

这一份小小的判决书，宛如一声炸雷，使皮子窝化工厂的负责人从侥幸心理中醒悟过来。法律是无私的，法律是公正的，法律的天平是不能倾斜的，这场官司，教育了沿海人民，震撼了那些仍抱着幻想的泻毅厂家。许多沿海养虾人都异口同声的说："海洋环保法真好使"！

类似的案例很多很多，反正在祖国的万里海疆，哪里有污染公害事故，海洋环保法这个"保护神"就会在哪里显神威。1988 年 8 月，胜利油田大量落地原油排入渤海，造成海洋污染，被依法罚款 63 万元；1990 年山东沿海查处了龙口港煤码头等一批不执行"三同时"规定的新建项目，处罚了沿海 60 余处小造纸厂和 63 起较大的污染事故；厦门市依照海洋环保法，首次对造成海洋环境污染损害的"兰资"企业——厦门华夏食品有限公司罚款 5 万元，并限期治理污染源，充分体现了法律面前企业与企业之间一律平等，在海洋环境保护方面，绝不搞优惠政策；上海合成洗涤剂厂由于管理混乱，造成原材料流失入海，污染了大面积水域，工厂被罚款 5 万元，厂长被就地免职……。

法律的作用是巨大的，榜样的力量是无穷的，典型污染案例的处罚更能震聋发聩。在海洋环保法的影响下，许多沿海排污工矿企业纷纷采取措施。从祖国南疆的北仑河口，到祖国北部的鸭绿江口，一场如火如荼的防止海洋污染的硬仗在全面铺开。万里海疆上的治污工厂、环保先进单位、环保英雄不断涌现，数不胜数，枚不胜举。

青岛造纸厂污水处理工程以前久拖不上，成为胶州湾污染的大敌。在环保法的影响下，厂里下了死命令：工程不能按期完成，全厂干部职工的浮动工资全部砍掉，再扣三个月的奖金。结果，污水处理设备如期运行。

大连新港输油码头依靠海洋环保法，“常在海边站，就是不湿鞋”。每年输油上千万吨，十几年未发生一起污染事故。海水始终保持在一类水质标准，洁白的海鸥在蔚蓝的海面上自由自在的游戏，戏水的鱼群在水面上闪烁着点点银光，宛若夏天晴空中点缀的繁星，顽皮的小虾儿欢腾的游来蹦去，着实有趣；耕海的人们在港区周围驾驶着小舟悠闲地徐徐游动……，不是公园，胜似公园，不是仙境，胜似仙境。要问成绩从哪里来，港区中高悬的大幅标语写得明白：“依法治港”。

烟台救捞局依靠环保法，航行十载未漏油；南海西部石油公司海里采油百万吨，不曾有过污染事……。

在环保法的影响下，“黄海名珠”胶州湾将重放光芒，锦州湾污染治理有望，鱼儿将会重返长江口的故乡……这一串串的喜讯，写不完，报不尽。

我们正在依靠法律筑起保护海洋健康的“万里长城”！

靠“安全岛”保护海洋濒危动植物

北京长安大街，车如潮涌，为了保护横越马路的行人安全，每隔一定距离就设置一处“安全岛”；在世界海洋中，人类也设置了许多类似的“安全岛”，为的是保存部分自然环境的本来面目，保护、繁殖生物资源，尤其是保护珍贵、稀有和濒危的动植物物种。这种“安全岛”就是“海洋自然保护区”。它的建立是保护大海健康的一种特别的护理措施。

在人类出现以前，地球上每一百年消灭一个动物种；1600～1950年间则平均每十年丧失一个种，而现在全世界每年就损失一种。在七十年代中期，地球上每年毁灭一个植物种或亚种，到八十年代末增加到每小时一个种，而一个植物种的消失同时会引起10～30个昆虫种、高等动物或其它植物的灭绝。森林的毁灭更为惊人,每年全世界有11000平方千米以上的森林遭毁灭,其中热带雨林损失最快。每年达24.5万平方千米,相当于地球上森林总面积的2%;目前,热带雨林面积已减少了670万平方千米,减少了42%。估计按目前的速度减少下去。到2100年,全球热带雨林的面积还会缩小25%。森林和生物种减少引起的后果是严重的,不仅物种遗传多样性受损,还会引起一系列环境的改变,如:水土流失、海岸线侵蚀,海平面升高、土地沙漠化等。特别重要的是,随着森林的破坏,与其相互依存的植被将会减少,会增加地面对太阳的反照率,从而改变维系这个绿色星球三大要素水、气、岩石之间的平衡,导致全球气候的紊乱。

海洋也是一样。六十年代以来,随着世界海洋石油开发和海上运输的发展,海洋生物资源和物种受到了前所未有的恒大威胁。特别是1967年的《托雷·卡尼翁》油轮溢油事件和1969年美国圣巴巴拉海上油井井喷溢洫,造成了严重的海洋污染,引起了世界舆论的强烈不安。人们越来越认识到,有必要像在陆地上设立自然保护区那样,将海洋空间的某些部分划为禁区,采取严格的管理和控制措施,使其免受日益繁荣的海洋开发活动的影响,以便完整地保存自然环境和自然资源的本来面目,保护、恢复海洋生物资源,保存物种的多样性,尤其是保护那些珍贵、稀有、濒危的海洋动植物物种。

由此可见,海洋自然保护区可以为人类保存部分生态系统的天然"本底"。在茫茫的大海中,生物之间,生物与环境之间都是相互依存和制约的,有着千丝万缕的联系,每一个环节的破坏或消失都会引起不可逆转的连锁反应。随着海洋的污染,大海的健康受到损害,海洋自然生态系统已经遭到了严重干扰和破坏,自然界的面目已经发生了深刻的变化,因此,在不同的海域保留具有代表性的天然生态系统,对于衡量人类活动对自然环境和自然资源所引起的后果提供了比照标准,也为人类的子孙后代认识大自然留下一些标本。这对探索海洋生态系统的演替和进化,对于观察研究自然界的发生和发展规律具有十分重要的意义。

海洋自然保护区还可以成为珍稀濒危动植物的"避难所",是天然物种的"贮存库"和"遗传基因库"。例如,栖息和生长在我国海域和沿岸的文昌鱼、江豚、鲸类、海龟、儒艮、中华鲟、海豹、海狗、玳瑁、丹顶鹤、白尾海雕、彩鹮等动物以及柽柳、坡垒、麒麟菜普陀鹅耳枥等植物目前都已成为珍稀物种，如果不采取保护措施，就会很快消失或灭绝。许多物种其价值甚至在被人类认识之前就已丧失。而海洋自然保护区能为大量物种提供栖息、生存、保护、进化过程的条件，从而为人类永续利用。自然保护区又是科学研究的天然实验室和活的自然博物馆。在自然保护区里，保存有完整的生态系统，丰富多样的生物物种以及赖以生存的环境条件。这些宝贵的物质材料，对于生物学、生态学、海洋学、地学、仿生学等自然科学研究提供了良好的条件和场所。同时，自然保护区这个最实际、最丰富、最生动、最活泼的自然博物馆，是人类认识自然、了解历史、增加知识的天然课堂；其海水碧蓝透明、空气新鲜的自然环境，珍贵的奇花异草和飞禽走兽以及各种奇特的地貌、景观都会使人赏心悦目、心旷神怡，是人们学习、休憩、娱乐、旅游的胜地，是建设人类精神文明的宝贵资源。

综上所述，建立和建设好自然保护区对于保护和改善人类的生存环境，维护自然界的生态平衡，保护自然资源永续利用和遗传的多样性，促进各个产业之间的协调发展，增进人们自然环境保护的意识和海洋意识，都具有不可估量的意义和作用。

自然保护区的创建已有一百多年的历史。十九世纪初，随着工业革命的进步，人类征服自然的步伐加快，从而打破了自然界维系了亿万年的平衡状态，使自然环境和生态系统遭到了污染与破坏，许多野生动物遭到了人们野蛮的捕杀，面临灭绝的危险。在这种情况下，德国植物学家汉伯特首先倡导建立天然纪念馆，以保护和保存自然生态的繁衍和生存，这也可以算作是建立自然保护区的最初设想。

海洋自然保护区的建设也得到了迅速的发展。

1972 年，美国国会经过反复讨论和辩论，批准了建立海洋自然保护区，并通过了《海洋自然保护区法》。该法认为："海洋自然保护区是将海洋环境中那些在资源保护、娱乐、生态、历史、科研、教育或美学价值方面具有特殊国家意义的某些海域选划出来，加以专门的综合管理和保护，进行科学研究和宣传教育的区域。"

美国现有七个国家级的海洋自然保护区，分别分布在美国的东西沿岸海域和墨西哥湾北部海域以及太平洋中的某些岛屿附近。其中四个是珊瑚礁生态保护区，两个是综合生态保护区，另一个是沉船保护区。

除国家级海洋自然保护区外，美国还在沿岸海域设立了众多的国家公园和河口自然保护区。全国包含有海域部分的国家公园有十七个，其中六个完全在海上，如比斯坎湾、海峡群岛、冰川湾、维尔京群岛等；八个在海滨，还有三个也延伸到低潮线以下。河口自然保护区目前已有十五个。一般说来，美国的海洋自然保护区以保护自然环境和自然资源为主，供科学研究和宣传教育，除个别珊瑚礁自然保护区外，很少有旅游设施。例如在海峡群岛自然保护区，明令禁止以下活动：油气开采，污染物排放，改变海底状态或在海底建筑，在海岛附近1海里内通航商船，干扰海洋哺乳动物或海鸟，移动或破坏历史或文化资源等。国家海洋自然保护区由美国国家海洋大气局管理。国家公园以旅游和保护为双重目的，以旅游为主，由国家公园局管理。而河口自然保护区则用作天然的野外实验室，进行长期的科学研究和教学、保护河口生物，特别是濒危物种，为制定沿岸管理决策提供依据。它们由各州政府管理。

目前世界上最大的海洋自然保护区是澳大利亚的大堡礁自然保护区，面积达20.7万平方千米，相当于英格兰和苏格兰国土面积之和。这片世界上最大的珊瑚岛群是由无数的珊瑚虫在亿万年间堆砌而成的，集飞禽走兽、鱼虾、贝藻、奇花异草和星罗棋布的岛屿为一体。大堡礁自然保护区共分七个管理区，并分别制定了详细的管理办法，实施严格的管理。

世界许多沿海国家都十分重视海洋自然保护区的建设，其建区面积一般占本国管辖海域的5%以上。根据保护区的作用和目标，海洋自然保护区大致可分为以下几类：

(1)原生态保护区：这是一种在不受人类干扰的状态下保护天然环境以及自然群落和物种的保护区。它能够保全自然变化的全过程，以便得到生态上典型的自然环境样板，为认识海洋，评价人类活动的影响，管理海洋提供比照的标准。

(2)野生动物禁猎区或资源管理保护区：这类保护区采取保护

和管理措施保护海洋生物的繁殖、生长，保全珍贵、稀有、濒危动植物物种和它们的生存环境，达到资源合理配置和资源永续利用的目的。

(3)资源保护区：指的是对还没有确定最佳利用方式的滩涂、海域、岛屿等加以设区保护，为防止盲目的开发利用。

(4)多种用途资源保护区：这类保护区的建设目的是通过适当的管理和保护自然环境和资源，避免破坏性的使用，使其提供一系列产品的永续利用和多种服务，支持多项经济活动功能。比如在可以提供土地、芦苇、海藻、鱼、贝等多种资源，同时具有涵养水源，护岸和保护环境功能的沿海湿地就适宜建设这类保护区。

(5)国家海洋公园：这类保护区的主要任务是保护具有典型意义的自然环境、生物群落、遗传资源等，用于娱乐、科研、教育和资源养护。

(6)自然景观和风景保护区：对由自然与文化特征构成的具有特色的景观和风景加以保护，维持其正常的生活方式和经济活动，以防止受到社会经济发展的威协。

新中国成立后，党和政府对自然保护事业给予了应有的重视，实行了“封海养鱼”、“封山育林”的保护政策。早在1950年政务院就对沿海古炮台、要塞发布了保护的通告。1955年，《国务院关于渤海、黄海及东海机轮拖网禁渔区的命令》明确指出“保护我国的沿海水产资源”。

七十年代以后，我国的海洋自然保护主要是针对海洋经济生物的繁殖保护，如为保护大黄鱼的产卵群体，福建省人民政府1985年设立了官洋井大黄鱼繁殖保护区；为保护海蚌资源，同年福建省批准成立了长乐海蚌资源保护区。1977年以来，台湾也先后在台北、宜兰、基隆、屏车、花莲、台东等九个县市沿海建立了十八处鱼、虾、藻类资源的增殖保护区。而从保护海洋环境和海洋生态角度进行的海洋自然保护则做得不够。这期间尽管某些海区也在个别岸段或岛屿设立了一些自然保护区，其本质只能说是陆地自然保护区的延伸。

八十年代，是我国自然保护事业，也是我国海洋自然保护工作大发展的年代，特别是1987年国务院环境保护委员会发布了《中国自然保护纲要》,大大推动了自然保护工作的进程。海洋自然保护区也纷纷建立。1990年国务院正式批准公布了全国第一批国家级海洋自然保护区五处,地方级的海洋自然保护区也陆续审批公布。

由此可见,我国的海洋自然保护区的建立时间不长,类型比较单调,数量也不多,然而经过二十几年的努力,已经明显地显示出它的生命力和在保护海洋环境和海洋自然资源中的作用。例如,江苏盐城地区的沿海珍禽自然保护区面积已经发展到535万亩,其中365万亩为禁猎和鸟类试验区,其中又有55万亩缓冲区和15万亩核心区。鸟类已由保护前的100多种,上升到361种,总数达到500多万只。丹顶鹤也由八十年代初的不足200只发展到上千只。再如广东惠东县1983年前海龟仅剩几十只,建区后到1989年已增至2万多只,海龟的易地孵化率也达到92.8%。

改革开放以来,我国陆续建设了一批国家级和地方级海洋自然保护区,总面积已由以前的600多平方千米,发展到仅国家级海洋自然保护区竟达100多万平方千米。然而,我们不能不看到我们面临着巨大的挑战。一方面,我国人口众多,生产力水平不高,必须加快海洋资源的开发和建设,这无疑对海洋环境的压力将越来越大;另一方面,我国的海洋生态自然环境和资源已遭到不同程度的破坏,急需建立保护区休养生息。因此处理好这一对矛盾无论对加快我国海洋开发事业的发展还是保护好海洋环境的健康状况都是至关重要的。

■ 海洋药物

疾病对人类始终都是一种威胁。不过,从古至今人类都始终不曾放弃过任何抗争的机会。人们采集药物,发展医学,誓与疾病周旋到底。经历了几千年漫长的探索和实践之后,今日的人类终于拥有了高度发达的医学技术,在维护自身的健康方面取得了显著的成果,人们的健康水平不断提高。

在这其中，药物居功甚伟。正如俗话说的那样，巧妇难为无米之炊，假使没有了药物的帮助，再高明的医术也无济于事，就算是扁鹊重生，希波克拉底再世，也一样束手无策。

人类一直十分重视开发新的药物。中国古代神话中的神农尝百草的故事，就从一个侧面反映了人类为发现和利用药物战胜疾病而付出的不懈努力。癌症、爱滋病、退行性疾病和一些免疫系统的疾病给人类的健康生存投下了巨大的阴影。陆生的天然药物和化学合成药物，在抗癌、抗病毒、抗真菌及免疫调节方面竟是力所不及。所以，人类必须寻求新的药物，以战胜病魔，维护健康。

众所周知，海洋是一个资源的宝库。随着现代科学技术的发展，研究和开发海洋药物已成为可能。于是，海洋也就顺理成章地成为一个蕴藏着众多药物的宝库。

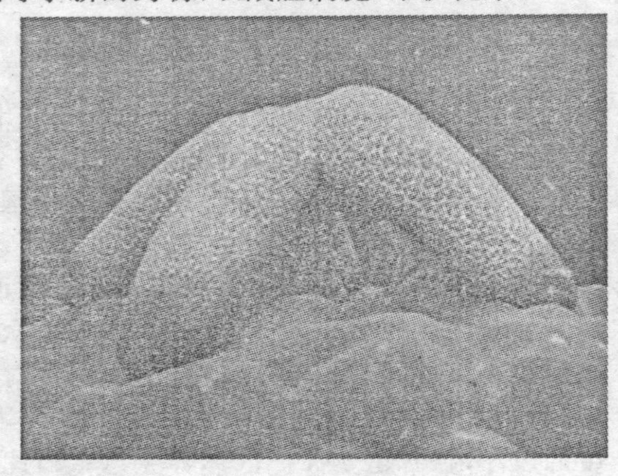

海洋药物原料

海洋药物的开发与研究，目前主要包括如下的内容：从无核原生物体中提取抗菌物质；从原生动物身上获得抗病毒抗凝血与镇痛物质；从海绵动物中提取抗茵的聚合因子和生长调节因子；从棘皮动物体内提取能抑制精子活性的神经活性物质；从软体动物体中提取抗病毒、抗肿瘤、抑制生长和溶血物质；利用环节动物提取杀虫剂；以节肢动物为原料提炼心脏活性物质；从鱼类、两栖类和爬行类动物体中提取神经活性物质。其中，从海洋生物中提取抗癌活性物质，是海洋药物开发的重点。

目前，直接从海洋生物中萃取药物，或者以其化学结构作为构造模式合成药物，成为海洋药用生物资源的主要开发方式。经过一个时期的努力之后，已取得了一定的成果。

鲨鱼从来都不会得癌症，是因其体内存在某种特殊物质。现在，人们已从腔肠动物中的珊瑚虫和脊椎动物中的鲨鱼体中提取出抗癌物质。美味的河豚因含有毒素而令人望而却步，人们一向有拼死吃河豚之说。然而，医学界却利用河豚毒素来治疗癌症，更有一些医疗单位用河豚肝制成“新生油”，用以抑制食道癌、胃癌等。国外也有人用河豚毒素制成癌症后期疼痛缓解药物。在抗癌之外，河豚毒素还有止喘、镇痉之效。治疗哮喘、百日咳、遗尿等疾病也颇见疗效。

人们从在墨西哥湾海岸中采集到的45种海藻中，提取出了可用于抑制肺炎病毒的5种成分；在波多黎各水域获取的150种海藻中，有66种被确认含有可抑制金黄色葡萄球菌和大肠杆菌的抗菌物质。人们还对包括章鱼在内的50多种软体动物进行了研究，从章鱼体中分离出了两种有血管扩张和降压作用的毒素。1986年，人们用鲎血制成一种试剂。这种试剂对革兰氏阴性细菌所产生的内毒十分敏感，遇到有内毒存在，会在很短的时间内变为凝胶。医生利用这种试剂来检查病人的内毒素血症。这种试剂还在临床上被广泛用于检查药品中的热源。

毫无疑问，海洋药物开发是无法同陆上药物的悠久开发史相提并论的。不过，海洋药物资源和现代科学技术结合在一起之后，将成为极具发展前景的新兴高技术产业，从这些年的发展趋势中就可见一斑。

一些国家的海洋药物开发已初具规模。法国成立了海洋药物研究中心；瑞士拥有世界上最大的海洋制药公司；澳大利亚建成了一所现代化的海洋药物研究所；日本与墨西哥的学者合作，共同开发墨西哥湾的海洋药物资源；美国的卫生行政部门更是指令一些大学和医药公司合作，联袂开发海洋药物资源。

另外，丰富的海洋生物资源具有巨大的药用潜力。随着海洋生物药学研究的不断深入，海洋将会给人们提供更多的药物。

海洋渔业资源

渔业资源是指具有开发利用价值的鱼、虾、蟹、贝、藻和海兽类等经济动植物的总体。渔业生产的自然源泉和基础。又称水产资源。按水域分内陆水域渔业资源和海洋渔业资源两大类。其中鱼类资源占主要地位，约有2万多种，估计可捕量0.7～1.15亿吨。海洋渔业资源（不包括南极磷虾）蕴藏量估计达10～20亿吨。

对水域中经济动植物个体或群体的繁殖、生长、死亡、洄游、分布、数量、栖息环境、开发利用的前景和手段等进行调查，是发展渔业和对渔业资源管理的基础性工作。分为管理性调查和开发性调查两类。前者针对已开发的渔场进行，旨在合理利用水产资源以取得最大的合理的持续产量。后者是针对未开发的水域进行的，旨在探明新的捕捞对象和相应的开发手段。调查后应提供的资料包括：①特定水域范围内的可捕鱼类和其他水生经济动植物的种群组成；②种群在水域分布的时间和位置；③可供捕捞种群的数量或已开发程度；④进行开发的适宜技术和手段；⑤必要的投产方式以及合理发展生产的建议；⑥恢复和合理利用已过度开发资源的意见等。渔业资源调查的质量有赖于大量的海洋调查资料，以提供有关世界各大洋环流和生物分布的范围，如大陆架、公海的鱼类密集分布区往往和不同海流的交汇区、涌升流域表层的辐合区密切相关；近海、河口区域的鱼类同样和交汇区、河川径流有关等。因此，对海洋学、水文学资料的分析是渔业资源调查的一个重要方面。

已开发利用的渔业资源中，70％直接供应人们食用，如鲜品、冻品、罐藏以及盐渍、干制等加工品；30％加工成饲料鱼粉、工业鱼油、药用鱼肝油等综合利用产品。在渔业资源开发利用程度上可分为：①利用枯竭。即在相当长时期内资源量难以恢复到正常水平。②过度利用。即资源已衰退，但只要采取保护措施，尚能恢复。③充分利用。即能适应资源自然更新能力，保持最适持续产量。④未充分利用。即资源利用尚有潜力。中国东南濒临大海，海域辽阔，海岸线长，内陆水域网络纵横，渔业资源丰富，品种繁多，已知海、淡水鱼3000多种，常见经济种类有150多种。

维持再生产能力是指维持经济水生生物基本的生态过程、生命维持系统和遗传的多样性，其目的是为保证人类对生态系统和生物物种的最大限度的持续利用，使天然水域能为人类长久地提供大量的经济水产品。渔业资源的管理措施大致有6项：①规定禁渔区和禁渔期。根据渔获对象的各个生活阶段及产卵场、越冬场和幼鱼发育的具体情况，规定禁渔区或禁渔期或保护区，目的是为了保护亲鱼的正常繁殖和稚鱼、幼鱼的索饵生长，保护鱼类顺利越冬。②规定禁用渔具和渔法。凡严重损害鱼卵、幼鱼或会引起渔获群体大量死亡的渔具渔法，都会破坏渔业资源，因此必须有计划有步骤地禁止使用或淘汰。③限制网目尺寸。渔具的网目过大过小都不利于渔业生产和渔业资源的保护。使用网目适当的渔具时，渔获物中成鱼的比例高、杂鱼少、渔获物损失也小，经济效益随之提高。因此，要根据各种鱼体形状和大小确定合适的网目尺寸。④控制渔获物最小体长。是控制被捕捞群体再生产能力的重要手段。规定捕捞长度的目的在于保护将达性成熟的个体，保障生殖群体有必要的补充量，保障被捕捞群体逐年提高和稳定产量。⑤限制捕捞力量。包括限制许可船数、吨位、马力、渔具数量和捕捞力量等，常用渔场滞在天数、作业天数、拖网次数和时间等指标来衡量。⑥限制渔获量。国际渔业条约往往以最大持续产量为标准规定允许渔获量，然后对有关国家进行配额。这种措施可直接控制捕捞死亡量，是资源管理的重要手段。

渔业资源增殖是用人工方法直接增加水域生物种群的数量或移入新的种群，以提高水产资源的数量和质量的措施。广义的也包括某些间接增加水域种群资源量的措施。常用的渔业资源增殖的方法有：①人工放流。即将一定规格和数量的用人工繁殖培育的苗种，选择在环境条件适宜、敌害少和饵料丰富的水域放流，以补充和增加水域的自然资源量。②移植驯化。即将新的水产资源生物种群移入一定水域，使其适应新的环境自然定居繁殖，形成新的有捕捞价值的种群。③改善水域环境。包括为鱼类产卵提供条件，兴建过鱼设施，以维持洄游性鱼类的洄游通路等。

近几年渔获物组成依次有：金色小沙丁 22.75%、蓝圆鲹 20.45%、竹荚鱼 14.01%、颌圆鲹 13.44%、鲐鱼 8.83%、蛇鲻 3.13%、蟹类 2.73%、头足类（鱿墨章鱼）2.44%、绒纹单角鲀 2.04%、二长棘鲷 1.18%、虾类 0.36%、绯鲤 0.33%、多鳞鱚 0.31%、带鱼 0.09%、蓝子鱼 0.03%，其它小杂鱼 7.75%。上述渔获组成表明，带鱼、多鳞鱚、绯鲤、虾蟹类、头足类等优质鱼类所占的比例仍然较低，仅为渔获总量的 6.26%；围网捕获的低值鲐鲹鱼类占绝大部分,达到79.48%。

磷虾全是海生种,分布广,数量大,是许多经济鱼类和须鲸的重要饵料,也是渔业的捕捞对象。南极磷虾的资源丰富,估计南大洋有若干亿吨。被誉为"世界未来的食品库",目前年产量50多万吨。中国产量最大的是黄海的太平洋磷虾。磷虾有明显的集群性,是形成声散射层的主要浮游动物,在海洋水声物理学研究中受到很大重视。再者,某些磷虾的分布又与一定水团、海流有关,在海洋学研究中也有一定意义。

海洋捕捞业有一位经济学家曾说过一句名言:没有免费的午餐。

同样的,尽管海洋中蕴藏有巨大的动物蛋白资源,足以满足全球人类的需要。不过,海中的游鱼却不会平白无故地成为人们的盘中餐。必须靠某种技术才能使水中的鱼儿变成餐桌上的美味。

所以,海洋渔业捕捞一直是人类获得海洋生物的生产方式,人类在不断致力于渔业捕捞技术的进步。随着时代的发展,到了今日,海洋渔业已壮大到了既让人欢喜又让人忧虑的地步。一个最为明显的现象就是近些年来的世界渔获量的激增。

海洋渔业之所以能有如此成就,很大程度上要归功于渔业资源调查技术的提高和利用。现在,世界上的一些先进国家,如英、美、俄等国纷纷采用OD回声积分仪技术来调查渔业资源。这一技术具有速度快、准确率高等优点。与此同时,还设立了数据库。

运用计算机技术对获得的渔业调查资料的数据进行处理。另外,利用遥测技术,探测鱼在大洋中的洄游路线及规律,也为许多国家所采纳。有些国家还利用卫星遥感监测渔场,预报渔汛。

探鱼技术也紧跟时代的潮流。当前各国普遍使用的装备是渔业声纳,具体地说又可分为垂直探鱼仪和水平探鱼仪两种。随着近半个世纪以来微电子技术的突飞猛进,现在的探鱼仪上都广泛装备微处理器,向着多功能、自动化、数字显示、彩色立体显示的方向发展。如今最先进的探鱼仪可储存全方位的瞬间信息,对鱼群信息进行自动处理,在与其他的机械设备相连接后实现起收网的自动控制。目前已在许多领域被广泛运用的激光技术,也在水产捕捞方面大显身手。例如,美国已研制出一种机载激光探鱼仪。

激光覆盖宽度达到75米,每小时可搜索12平方千米的海面。一种超声激光探鱼仪也正在研究之中,其原理是通过水介质内传播的超声波和微光波之间的相互作用,来实现探测鱼群的目的。

受日新月异的现代科学技术的影响,作为水产捕捞的最基本载体的渔船及与之相关的渔业机械制造技术也有了新的特征。与旧日的相比较,新造的鱼船更重视节能,采用轴发电装置,安装导流管。船体也由肥变瘦,采用铝合金做船体材料并涂以新的防污、防蚀涂料,因此也就更加坚固耐用。船上的作业器械配套齐全,自动化程度较高。同时,可与探鱼仪、网情仪、测温仪、潮流仪和渔获量指示仪等设备联合使用。构成一种现代化的集中数据控制系统。

另外,相对于拖网作业而言,刺网作业技术也有较大的发展。在一些渔业发达国家,已完全实现了自动化。

如此高明的技术手段,就如同布下了天罗地网。叫海洋中的鱼类无处逃遁。因此,全球鱼获量的激增也就不足为奇了。可惜,任何事情总具有两面性。当人类正在为自身的成就沾沾自喜时,海洋渔业资源却正面临着枯竭的危险。

据美国《时代》周刊上的资料,1950年全世界的年捕鱼量不超过2000万吨,到了1988年则猛增至8600万吨。从那之后,捕鱼量就下跌了。如今,世界70%的渔业资源正在枯竭,已使商业性捕捞难以为继。有些海洋生物面临灭绝的危险,世界资源保护联合会的科学家已经把100多种海洋鱼类列为濒危动物,其中包括众所周知的鲨鱼、金枪鱼、珊瑚礁鱼和海马等。

绿色和平组织也在一份报告中警告说:“在本世纪中,世界海洋鱼类的捕捞量第一次在下降。世界上许多以前产量丰富的渔场现在鱼类严重减少,有些由于捕捞过度而垮掉了。”

造成目前这种状况的最主要的一个原因就是为我们带来渔业丰收的高技术的拖网船,以及与其相应的各种配套装置。绿色和平组织声称说:拖网渔船的增多,是对渔业资源施加压力的唯一最重要的原因。

当然,这并不是说已无计可施。事实上,只要人们能够充分发挥协作精神,在那些产量下降最为严重的渔场进行“生物间歇”,让鱼类能有一个喘息机会恢复种群，就可以重建鱼类资源。一些渔业科学家声称：如果不再捕捞那些已严重减产的鱼类，而让其自由生长，那么，它们就可以得到令人吃惊的恢复。

大海对人类的馈赠并非永无穷尽，倘若我们只顾眼前利益，涸泽而渔，总有一天会受到海洋等同的报复。人类应该学习如何善待海洋。因为，从根本上说，善待海洋就是善待我们自身。

人类生存的第三空间

仔细观察地形图，大江大河入海口的地方，都有顶端指向上游的三角形冲积平原。这种江河泥沙淤积成陆的三角形平原，地理学上叫做“三角洲”。

三角洲地势平坦，土地肥沃，水源充足，交通便利，大多成为工农业高度发达的地区。世界第一大港荷兰的鹿特丹，就坐落在莱因河三角洲上。中国的上海港是长江三角洲上的城市；广州、深圳、珠海、香港、澳门则居于珠江三角洲经济区。

现代黄河三角洲，是1855年（清咸丰五年）黄河改道从山东省利津入海以后生成的，只有110多岁，是世界上最年轻的三角洲。现代黄河三角洲，以利津县为顶点，像一把打开的折扇，面积约6000平方千米。广义的现代黄河三角洲，包括山东省东营市、滨州市的广大地区。这里有我国第二大油田——胜利油田。胜利油田的新开发区——孤东油田坐落在黄河最新淤积的最年轻的土地上。三角洲不断向海洋推进，使油田由难度极大的浅海开发变成难度较小的陆上开发。为加快开发黄河三角洲，山东省正在实施“黄河三角洲开发战略”。随着黄河水利的根治，东营市、滨州市经济的倔起，黄河三角洲将与长江三角洲、珠江三角洲比翼齐飞。

据统计，我国江河泥沙淤积成陆，除去海岸蚀退面积，每年净增土地约为3.33万公顷。因此，从理论上讲，江河淤海成陆是一项持续不断、无限增长的土地资源。

围海造地是人类向海洋空间发展的又一重要活动。荷兰、日本是向海洋索取土地的著名的国家实例。日本国土狭小而且多山。沿海河口平原仅占国土面积的20%。日本历史上曾为扩大耕地不断地填海造地。现代日本则为获取工业及居住用地大规模围海造地。

荷兰近代最大的围海工程是须德海工程。须德海原是一个深入内陆的海湾。湾内岸线长达300千米,湾口宽仅30千米。1932年,荷兰人民筑起宽90米,高出海面7米的拦海大堤,把须德海湾与北海大洋隔开。此后,不断地把湾内的海水抽出,到1980年,造地260000公顷(2600平方千米)。剩下的大约一半面积也改造成了一个巨大的淡水湖。

我国人民历来有围海造地的传统。江苏北部绵延千里的范公堤就是一个历史的见证。北宋天圣年间(公元1024～1032年),时任江淮盐官的范仲淹上书朝廷批准,修建成功北起连云港南至启东县的拦海大堤,使堤内千万顷泻卤之地成为良田沃野。后人为纪念这位“先天下之忧而忧,后天下之乐而乐”的老先生,称该堤为“范公堤”。南宋初年(1128年),黄河改道江苏北部入海,到清朝咸丰五年(1855年),又北归入渤海。七百多年间,黄河又在范公堤外淤涨出15700平方千米的土地,等于江苏省现有面积的1/6。苏北海岸外世界罕见的辐射状沙洲,也是黄河泥沙留下的奇迹。潮水一落,苏北现代海岸线外,出现一望无际的滩涂,这些都是将来的土地。所以,我国在围海造地方面有一句名言:“江苏的希望在苏北的滩涂上”。

1949年建国以来,全国共围海造地120万公顷,其中江苏省约为45万公顷,占全国总数的40%。80年代以前,我国的围海造地大多用于农业,因此谓之围垦。80年代以后,我国也为获取工业及城镇建设用地而大规模填海。著名的事例如广东省珠海市西区金海岸,移山填海,围造大量土地,投入房地产市场,积累大量发展基金。

海上生活

人工岛、海上城市、海上机场都是人们为了居住、生活、娱乐和工商业活动而建筑的大面积的海上设施。人工岛一般是预先修建周围护岸，再以沙石、垃圾填筑而成。海上城市则可能是半潜式漂浮于海上的钢铁建筑。

范公堤

建设人工岛、海上城市、海上机场是为了特殊的需要。典型的海上城市设计是为某种海洋开发服务的。例如，浮在大型海底矿场上的海上城市，有可供矿工居住、购物、游乐的设施，并有就地加工矿石的工厂和装船外运的码头。海上机场则是山地滨海大城市修建大型航空港的最佳选择。人工岛的用途很广泛，目前主要用做浅海石油勘探开采基地和接待大型油轮、矿石船的深水港等。

学校、公园、舞厅等设施外，还有 6000 套住宅。这座海上城市，有跨海大桥与神户市区联接。日本东京国际机场是填海建筑的海上机场。日本许多沿海城市的机场是在海滨填海修建的。海滨机场不但节省土地，而且可以充分利用海洋空间，把跑道修建得短一些，以节省资金。

最早修建的海上浮动机场，是受航空母舰启发，于 1934 年美国修建的联系纽约与百慕大之间航空交通的海上机场。美国也领先在夏威夷建造了海上实验城市。

香港大屿山赤鼯角新国际机场是世界上最新建造的最大的海上机场。新机场占地 1275 公顷，四分之三是填海而成，需要 1.8 亿立方米的填海材料。连接新机场与港九的青马大桥，跨海距离 1377 米，桥墩高达 196 米。1995 年建成的珠海机场是国内填海建筑的第一个海上机场。中国第一个人工岛是河北省沧州市黄骅市岸外渤海上的人工岛。该人工岛是大港油田为勘探开采海洋石油而建造的。

水下生存

在水下生活是什么感觉，这个问题目前大概只有澳大利亚冒险家劳埃德·戈德森能回答你。这位海洋生物学家作了一次大胆而颇有创意的尝试——“住”在湖水下。谈起这十二天的奇妙经历，戈德森颇有些回味无穷。

2007年4月5日，29岁的戈德森把自己关在一个近6平方米大的密封舱里，沉入到澳大利亚新南威尔士州奥尔伯里市附近的一个湖中，过起了一种“世界首创的水下自给自足生活”。

水下训练生存

戈德森在十二天的时间里一直住在水下一个黄色铁皮密封舱里，它长约3米，高约1.8米。湖底距离水面约4.6米。他需要时常踩踏一辆自行车，将动能转化为电。为了得到氧气，他还从以色列科学家那里取经，利用尿液浸泡海藻，使海藻吸收房间内的二氧化碳，并排出氧气。

至于饮用水和食物，戈德森主要依靠一种新技术来抽取空气中的水蒸气并使之液化，饥饿时则以干海藻为食。不过，由于担心他因消化不良而中断实验，位于陆上的实验小组还定期派潜水员通过一个人造通道为他送去一些烤鱼之类的美味。

18日，戈德森终于得以重新回到陆地上。当舱门打开的时候，戈德森说：“能感受到灿烂的阳光和拂面的微风真好。”

尽管生存没有问题，但是十几天的水底密封舱生活显然会给人造成巨大的精神压力。戈德森坦言，他一开始的确也出现了一点幽闭症的症状。手里拿着朋友们送上的香槟酒，戈德森称：“我原以为我会变成一个疯子，实际上并没有那么严重。”

为了防止自己寂寞，戈德森将自己的防水手提电脑一并带入水下。大部分的时间里，他靠观看存在电脑里的影片休闲，有的时候还通过无线网络与世界各地的人视频聊天。为了解闷儿，他甚至还把全套架子鼓也勉强“塞”进了密闭舱里，无聊的时候可以尽情敲打，而不用担心邻居会找上门抗议。

很多人通过媒体的报道了解到戈德森的实验，他们纷纷通过网络想要与这位水下居民通话。戈德森说，总是不断有人通过他的个人网站找到他。“有时候，我感到在水下生活其实很有压力，不过，和整天与网站的访客交谈相比，后者更令人疲乏不堪……我希望独处，结果却收到相反的效果。”

还需要多久人才能在海底安家

人类在大地上栖息、生存、繁衍后代，大地也以慈母般温柔的胸怀哺育着人类。可是人们似乎忘了占地球面积70%的海水底下也是可以栖息、生存的场所。海洋科学的发展，使人们终于听到了那海潮拍岸的呼唤声：到海底去安家落户！

事实上，在上个世纪的50年代，人们去海底生活的许多技术条件已逐渐成熟了，到60年代初，美国和法国的海洋科学工作者先后开始了这一实验。

1962年，在地中海马赛港外的弗列奥尔岛海域，库恩特成功地完成了“大陆架”一号的计划，一个可以长时间生活、工作的海底住宅建成了。这座住宅的外形犹如一只特大的木桶，桶底系着几根粗大的铁链，把住宅固定在十米深的海底，在住宅的底板下有一个出入口可通海面，室内有舒适的床铺、取暖的设备，还摆着电视机等。室内的空气则由设置在海岛上的空气压缩机通过连接的管道输入。

1963年，库恩特的“大陆架”二号计划宣告完成。他在海底11米处盖起一座形如海星的房屋，内有四个房间，可住五位居民。然而，他并不满足，接着他又在水下25米深的地方建了一座小型的海底住宅。住宅的设计更巧妙，分成楼上、楼下与底层的出入口，它是一个高细的三层建筑，被称为浮水住宅，同时还为一艘叫“戴尼斯”号的小型潜艇建了一座葱头形的车库供潜艇停靠。它可供七人居住，这便是当时著名的红海海底村庄。有一部取名《太阳光照不到的世界》的影片，就是介绍这个海底村庄居民的生活情景的。

此后，库恩特海底的科学试验经验更丰富了，胆量也更大了。1965年，他在法国进行了“大陆架”三号试验，并以巨大的成功使他的名字煊赫一时。

这次设计的水下房屋是一个直径5米的圆球形建筑，它平稳地放置在一个大铁架上，铁架下面有四条可以伸缩的腿，一旦海底出现不平时，它可以调整房屋的水平角度。这座圆形建筑的设备更加完美了，屋内也分上下层。上层设有会议室、厨房、冷藏室、实验室等，下层是住房、厕所、淋浴间，还备有急用的减压包。这座房屋在设计建造的过程中，使用了复杂的现代化技术，电子计算机在不断地搜集、加工、整理与记录房屋内外各种设备的工作情况。

水下住宅

这座住宅建成后沉入了100米深的海底，在进入海底的第四天，海面突然刮起了大风暴，而这座海底住宅却安然无恙，它经历了二十一天的水下试验后浮出了海面。

继法国人的实验之后，美国设计了当今世界上最大的海底房屋,它的重量达700吨。它的结构是:在两个长21米,直径2.7米的浮筒上铺设方形的甲板,甲板中心是一个直径3米的球形舱,两边各伸出一个长6米,直径2.7米的筒形舱,其中一个是实验室,另一个为生活舱,两个舱都有独立的生活保障系统。在甲板的首与尾有两个容积25立方米的压载水箱,在水箱与房屋之间还有两个储氧罐,储氧量足够在水下使用二十个昼夜。1970年7月5日,这个庞然大物以每秒钟18米的最佳下沉速度沉到159米深的海底。从此,人类宣告:可以占领整个大陆架!

不仅海底房屋在不断出现着,海底的旅社也在兴建了。美国有两位海洋学家科布里克和格伯将一个海底实验室改装成世界上第一座别致的海底旅馆,它安放在加勒比海大开曼岛乔治敦市附近的海底。

旅馆有一艘小型潜水艇专门运送旅游者每天所需的生活必需品,馆内各种设备均由计算机控制。来这里的旅客可以在馆内领略美妙而神奇的海底风光,馆内的录像设备还可以把旅客的活动全部摄录下来,供他们返回陆地后品味、欣赏。

然而,人们仍不满足于此,库恩特正在进行“大陆架”的四号计划,它要把海底住宅再下沉到600米的深处,美国通用电力公司则正在研制供十二人居住的4000米深的海底军用基地,不少国家还准备建立海底工业基地和海底城市。

人们在海底长期居留必须解决所需的食品、淡水与氧气,虽然这些可以通过净化系统进行再生,但由于水与氧气的供应受到限制,潜水员患皮肤病与肺原性心脏病激增,加上环境污染,温度的升高以及水蒸汽、噪声等等的干扰,使人无法忍受。

值得欣慰的是,近年来,一些科学家发现了一种能将水分解为氢与氧的微生物,且这种微生物可以进行工业化生产。氢气可以成为海底居室最清洁最理想的能源,氧气可以使海底居民呼吸到新鲜的空气,微生物本身可以用来生产维生素与烹饪出色香味俱全的食品,成为海底居民的营养来源。这无疑给海底城市的建造带来了灿烂的曙光。